Die Entstehung Mariens

Jean N. McIlwraith

Writat

Diese Ausgabe erschien im Jahr 2023

ISBN: 9789359252001

Herausgegeben von
Writat
E-Mail: info@writat.com

Inhalt

PROLOG.

EIN KRÄFTIGER Nordostwind rüttelte an den Türen und Fenstern eines verlassenen Bauernhauses im Westen von Michigan Das Gebäude war, gemessen an den Jahren, nicht alt, aber es war nie gestrichen oder repariert worden, und seine Holzfassade, die vorzeitig von Wetterflecken übersät war, sah aus, als hätte es die Abnutzung von Jahrhunderten getragen. Wie lidlose Augen starrten die Fenster ausdruckslos auf die flachen Stoppelfelder und die wenigen spindeldürren Bäume, eine trostlose Entschuldigung für einen Obstgarten. Auf dem Dach befanden sich zahlreiche Schindeln, damit die neugierigen Regentropfen einander durch die Dachsparren und von dort auf den Boden des darunter liegenden Raums folgen konnten, wo die Dunkelheit aus den Ecken kroch, um Besitz zu ergreifen.

Das Haus war erst vor kurzem geräumt worden, denn auf dem Herd des großen Kamins in der Außenküche glimmte noch immer eine „Platte", und etwas, das fast menschlich aussah, lag, in eine zerlumpte Bettdecke gehüllt, viel zu nahe daran, um in Sicherheit zu sein . Ein freundlicher Windstoß wehte durch den Schornstein, brachte den Rauch zurück und löste ein leises Husten aus dem Bündel aus. Ein weiterer Windstoß und ein weiterer Husten, und dann ein Niesen, das die Steppdecke aufplatzte und ein schlecht gekleidetes kleines Mädchen, sechs oder sieben Jahre alt, zum Vorschein brachte.

Sie schaute sich mit schläfrigen blauen Augen um, bis sie vor Angst vor der Dunkelheit die zerfetzte Bettdecke wieder über ihren Kopf zog, sich näher an den glimmenden Baumstamm hockte und *versuchte,* ihre Finger und Zehen zu wärmen. Mehr Wind im Schornstein erzeugte mehr Rauch und ließ das Kind hustend vom Kamin zurückweichen. Sie war jetzt hellwach und stand da und lauschte. Es gab tatsächlich Geräusche, aber keines, das mit irgendeinem Lebewesen im Haus in Verbindung gebracht werden konnte. Sie tastete sich an den Wänden entlang bis zu der Stelle, an der früher die Kerze gestanden hatte, aber sie war verschwunden. Es gab keine Möbel, über die man stolpern konnte, und als sie im inneren Raum, von dem aus die Treppe hinaufführte, an die Seite der Wand gelangte, bestieg sie sie auf Händen und Knien und zitterte teils vor Kälte, teils vor Angst wegen des Lärms entstanden durch das Flattern der Sohle eines ihrer alten Schuhe. An der Wende der Treppe fehlte eine Stufe, aber das Kind wusste, wo die freie Stelle war, und zog sich darüber, erreichte den Treppenabsatz, tastete dort rund um die Wände ab und umrundete die drei kleinen Räume darin gleiche Mode. Sie waren völlig leer.

Vorsichtig schlich das Mädchen die kaputte Treppe hinunter und zurück zu ihrem früheren Platz neben der rauchenden Platte, wo sie sich wieder in die alte Steppdecke rollte, wie in die Arme einer Mutter, und laut sprach, obwohl außer dem aufdringlichen Wind niemand zuhören konnte :

„Jedenfalls wird sie nicht mehr hier sein, um mich zu lecken!" Dieser Gedanke schien Dunkelheit und Einsamkeit zu kompensieren. Die Stimmen von Wind und Regen waren offenbar freundlicher als die menschlichen Töne, an die sie gewöhnt war, und besänftigt durch ihr stürmisches Schlaflied schlief das kleine Mädchen ein.

Der Sonnenschein strömte am nächsten Morgen ungehindert in das verlassene Haus, trocknete die feuchten Böden und verwandelte den gelben Haarbüschel, der durch ein Loch in der alten Steppdecke sichtbar war, in Gold. Plötzlich schüttelte das kleine Mädchen die Decke von sich und stand auf, um zu gähnen und sich aus der Steifheit einer Nacht auf dem harten Boden zu befreien. Sie war kein hübsches Kind, es sei denn, natürliches lockiges blondes Haar, das beim Waschen noch schöner wäre, würde sie dazu bringen. Die langen, dünnen Beine, die unter ihr zerrissenes Kleid reichten, machten sie für ihr Alter zu groß, und was ein passabler Mund hätte sein können, wurde durch das Wegfallen von zwei der vorderen „Milchzähne" und die verspätete Ankunft des späteren Kontingents verdorben.

Einen Teil des Tages schien das Kind mit seiner neu gewonnenen Freiheit zufrieden zu sein. Nachdem sie ein oder zwei abgestandene Krusten in einem Schrank entdeckt hatte, wollte sie nichts mehr, denn ihre Ernährung war noch nie luxuriös gewesen. In jede Ecke des Hauses drang sie mit ihrer kleinen sommersprossigen Nase ein und holte allerlei Krimskrams aus den Regalen, der beim Herumhuschen als wertlos zurückgelassen worden war.

Es gab eine alte Strohhaube mit einem Paar schmutziger Schnüre, und damit schmückte das Mädchen den zerzausten Kopf, was darauf schließen ließ, dass sie kaum mit Kamm oder Bürste vertraut war. Sie konnte keine femininen Kleidungsstücke finden, die ihren Vorstellungen entsprachen, aber es gab eine Jungenjacke, die an den Ellbogen abgeschnitten und an den Rändern ausgefranst war, die sie stolz anzog, und als letzten Schliff ließ sie ihre langen, schlanken Beine, alte Schuhe und alles raus, in ein abgenutztes Paar Herrenstiefel, die ihr bis zu den Knien reichten.

„Ich wünschte nur, Mawm Mason hätte einen Spiegel zurückgelassen , damit ich sehen könnte, wie ich aussehe. Meine Güte! Würde sie mich nicht schlagen, wenn sie mich mit dieser Haube auf dem Kopf sehen würde ! " Das Kind lächelte breit, während sie ihre vertrauliche Ansprache an die anderen zurückgelassenen wertlosen Dinge fortsetzte. „Ich beruhige Ich wusste, dass sie nicht meine eigene Mutter war , und ich bin froh, dass weder

Pete noch Matty mein eigener Bruder oder meine eigene Schwester sind . Ich möchte, dass er mich in seiner Jacke sieht!"

Sie zog den Mantel über ihre schmale kleine Brust bis zu der Stelle, an der er früher noch Knöpfe hatte, und marschierte im Zimmer auf und ab, wobei sie mit den großen Stiefeln so viel Lärm wie möglich machte.

Dieser Zeitvertreib war schön und gut, solange es noch hell war und die Sonne die frostige Novemberluft erwärmte, aber als die Dunkelheit erneut Einzug hielt, war das kleine Waisenkind nicht mehr so zufrieden.

„Es hat keinen Sinn , zu Frau Morgan zu gehen . Sie will mich nicht mehr als Frau Mason. Ich schätze, ich werde heute Nacht oben schlafen und ein paar von diesen Sachen über mir haben. Das werde ich Sei trotzdem warm.

In der Mitte des vorderen Schlafzimmers häufte sie den ganzen *Müll* auf und kroch darunter. Als der Mond aufgehört hatte zu regnen, kam es ihm wie ein fantastischer Haufen vor, als er hineinschaute. Auf der einen Seite ruhte der Kinderkopf auf dem Deckel einer alten [*xiv*] Schachtel, auf der anderen ragten ein Paar Männerstiefel hervor.

Das letzte Stück Brot war am nächsten Tag aufgegessen, und die beiden im Hof gesammelten Kartoffeln erwiesen sich ohne den mildernden Einfluss des Feuers als ungenießbar, sodass nichts anderes übrig blieb als die von Mrs. Morgan. Nach Sonnenuntergang, als die Temperatur schnell sank und die dichte Wolkendecke im Westen einen Schneesturm ankündigte, verließ das kleine Mädchen, immer noch mit der alten Haube, der Jungenjacke und den Herrenstiefeln bekleidet, das einzige Zuhause, an das sie sich erinnern konnte. und bahnte sich langsam ihren Weg über die harten, rauen Felder und Schlangenzäune zum nächsten Bauernhaus.

Mrs. Morgan kam mit einem Schal über dem Kopf aus der Scheune gerannt.

„Meine Güte, Mary Mason! Ich kannte dich kaum. Was hast du gemacht? Ich dachte, du wärst eine dieser Vogelscheuchen aus dem Herbstweizen. Frau Mason ist vor drei Tagen nach Kalifornien gezogen . Hat sie dich nicht mitgenommen? mit ihr?"

„Nein, Mama ."

„ Also sieht es so aus. Wal, sie hatte wohl keinen Anruf. Du gehörst nicht zu ihr."

Inzwischen waren sie in der Küche des Bauernhauses, Mrs. Morgan rieb sich die Hände über dem Herd, und Mary Mason wagte sich ebenfalls näher und streckte ihre dünnen Arme der Hitze entgegen, denn die Ärmel der adoptierten Jacke waren etwas kurz .

„Was ist das für ein Mal an deinem Handgelenk?"

„Bluterguss – aber jetzt tut es nicht weh.“

„Wer hat es getan?“

„Ma – Mis' Mason. Ich habe noch viel Schlimmeres an mir“, sagte das kleine Mädchen mit etwas Eitelkeit.

„So, jetzt! Ich wusste scherzhaft , dass Mis' Mason ein schwieriger Fall war, obwohl mein Mann nie *etwas* davon hören würde. Was werden Sie jetzt tun?“

„Ich weiß nicht .“ Der Akzent ließ darauf schließen, dass es sich um eine Kleinigkeit handelte.

glaube nicht , dass wir dich heute Nacht rausschicken können. Auf dem Dachboden ist Platz zum Schlafen für dich, aber geh mit deinem Kopfteil nicht in die Nähe eines meiner Mädchenbetten . “

Als Gastgeberin war Mrs. Morgan eine leichte Verbesserung gegenüber Mrs. Mason. Sie nahm dem Findelkind nie einen Stock oder Riemen entgegen, und wenn sie ihr gelegentlich eine Ohrfeige gab, war diese nie stark genug, um das Mädchen niederzuschlagen. Aber die Morgan-Kinder schikanierten Mary Mason, der Morgan-Vater murrte über das zusätzliche Maul, das es zu füttern galt, und als sie etwa einen Monat im Haus war, sagte ihr die Besitzerin, sie müsse weiterziehen.

„Du kannst ein altes Kleid von Ellie haben, ein Paar von Sues ausrangierten Stiefeln und Toms alte Mütze.“

„Wo soll ich hin, Mama ?“

„Du gehst scherzhaft von einem Bauernhaus zum anderen, bis du einen Ort findest, wo sie dich den ganzen Winter lang unterbringen. Es naht Weihnachten , und die Leute werden nicht hart zu dir sein. Sag ihnen , dass du kein Nein hast. “ Leute."

Die verlassene kleine Pilgerin begann ihren Marsch die schneebedeckte Straße hinunter.

KAPITEL I.

MEINE FRAU Theosophin. Diese Tatsache könnte für ihre zahlreichen Exzentrizitäten verantwortlich sein oder einfach nur eine davon sein. Ich schließe mich der letzteren Meinung an, weil sie sowohl im Gang als auch in der Konversation das Ungeschlagene dem ausgetretenen Pfad vorzog, lange bevor in der kleinen westlichen Stadt, deren Hauptzeitung (auflagenstärkste in Michigan) ich die Ehre habe, jemals vom modernen Buddhismus gehört wurde Herausgeber und Inhaber sein.

Wie eine Treibhauspflanze wie die Theosophie jemals in den Sümpfen und Sandstränden des Wolverine State Wurzeln geschlagen hat, mag auf den ersten Blick überraschend erscheinen, aber der zweite Blick ruht auf unserer Umwelt – der Abwesenheit von Bergen oder schnell fließenden Flüssen, deren Präsenz von Fieber und Schüttelfrost und halb verbrannten Kiefernwäldern – und man wird sehen, dass diese östliche Überlieferung mit ihrer Peinlichkeit an Symbolen ein seit langem verspürtes Verlangen in der hungernden Fantasie weckt. Wir im Westen greifen ständig über unsere Grenzen hinaus, verfügen über Intelligenz und Wahrnehmung, aber es fehlt uns die Kultur, die wir zur Unterscheidung brauchen, und deshalb verfallen die romantischen Seelen unter uns, die sich über den grassierenden Materialismus der Mehrheit erheben, ins andere Extrem und jubeln voller Begeisterung die neue alte Religion.

„Es ist besser, zu viel zu glauben als zu wenig, aber ihr Theosophen schluckt unheimlich viel", sage ich zu Belle, als sie versucht, mich zu bekehren.

Ich bin mir durchaus bewusst, dass viele meiner Mitbürger mich als Gegenstand des Mitleids betrachten, weil ich zwanzig Jahre lang mit einer so unberechenbaren Mitbewohnerin zusammengelebt habe, denn ich habe es nicht für nötig gehalten, ihnen das ohne den Anreiz ihrer Belebung zu erklären Geist, ohne das Element der Überraschung, das die Liebe meiner Frau zur Abwechslung ständig mit sich bringt, würde das tägliche Leben und damit die Tageszeitung ihres Lieblingsredakteurs von jener Flachheit profitieren, die das vorherrschende Merkmal dieses westlichen Teils des Staates Michigan ist.

Unsere vier Söhne und zwei Töchter genießen ihre Mutter genauso sehr wie ich, denn ist sie nicht die faszinierendste Romantikerin, die sie je gekannt haben? Jetzt, da sie alle in dem Alter sind, in dem sie zur Schule gehen und für sich selbst sorgen können, ganz nach Art unabhängiger junger Amerikaner, verlangen sie von ihr nichts als Mitgefühl, denn ihre Großmutter näht ihnen die Knöpfe an. Oma! – Ja, da ist das Problem.

Ich zögere nicht, zuzugeben, dass ich gebürtiger Schotte bin. Meine Mutter verließ ihr Heimatland, um sich bei uns niederzulassen. Es war viel zu spät, als dass sich westliche Vorstellungen über die Einhaltung des Sabbats, die Kindererziehung oder den Respekt, der der Meinung der Ältesten gebührt, in die diesbezüglichen schottischen Vorurteile einprägen könnten Angelegenheiten.

Mrs. Gemmell Senior hat jedoch die nationale Besonderheit, dass sie „Blut dicker als Wasser" urteilt, und was auch immer ihre Überzeugungen bezüglich der Methoden von Mrs. Gemmell Junior sein mögen , sie beschränkt ihre Äußerung auf unseren Familienkreis – und zwar auf mich mag ich zu mir selbst sagen. Normalerweise packt sie mich, wenn ich entspannt auf dem abgenutzten Sofa in unserem Wohnzimmer liege, das besser „Kinderzimmer" genannt wird, denn es ist Liberty Hall für die Kleinen. Zwei Räume wurden zu einem zusammengefügt, um ihre Puppenhäuser, Bücherregale, Spielzeuge und Druckmaschinen unterzubringen. Belle ließ die ganze Seite aus dem Haus herausreißen, um eine offene Feuerstelle zu bauen, mit der Absicht, Platten zu verbrennen, auf denen die Kinder nach Herzenslust Popcorn rösten.

„Ein Körper würde denken", sagte meine Mutter in einer kalten Nacht vor fünf oder sechs Jahren, als ich auf dem Sofa lag und versuchte, meine Müdigkeit in Rauch aufzulösen, „Ein Körper würde denken, es hätte nichts Schönes gegeben. " Wark Dune im Toon Ava, bis die Theossiphies es in Angriff nehmen . Wenn Sie Propst und Gerichtsvollzieher sind schau mal Nachdem die Dinge so waren, wie sie waren , würde es einen Unterschied geben Puirs – ein Haus für das empörte Volk und ein paar dumme Idioten wie Eesabel Ich brauche keine Bande , die eure Einspeisungen für ihren Siller angreift um einen Mülleimer zu bauen .

„Es gibt ein Armenhaus im Kreis, Mutter, aber es liegt nicht zufällig in dieser Stadt, und sie werden dort niemanden aufnehmen, der nicht schon eine bestimmte Zeit im Kreis ansässig ist."

„ Aweel ! Es gibt jede Menge Kirchen, aber ihr dürft niemals die Tür einer anderen verdunkeln . Leuken sie nicht?" nach ihrem ain Puir- Leute?"

„Ja; aber nach niemandem sonst. Dieses Haus der Zuflucht soll im weitesten Sinne des Wortes nicht-sektiererisch, nicht-religiös, humanitär sein. Ah! Da ist jetzt Belle", und ich seufzte erleichtert, als ich es hörte Der Schlüssel meiner Frau in der Haustür.

Sie kam mit einer frischen Brise herein, ihr dunkles Gesicht strahlte im Winterwind, frisch gefallene Schneeflocken ruhten wie Diamanten auf ihrem vorzeitig weißen Haar, und ihre braunen Augen funkelten mit der Lebhaftigkeit von zwanzig statt von vierzig Sommern -zwei.

„Alle Kinder sind zu Bett gegangen? Stimmt! Geh nicht, Mutter! Ich bin mir sicher, dass es dir gefallen wird, vom Haus der Zuflucht zu hören. Wir haben es endlich in Ordnung gebracht! Diese reichen alten Holzfäller, die das nicht wollen." Spenden Sie einen Cent an eine Kirche oder eine damit verbundene Wohltätigkeitsorganisation, haben dieses Mal bis zum Boden ihrer Taschen gesteckt. Da wäre Peter Wood, Dave – fünfhundert Dollar! Und Jeff Henderson, fünfhundert. Ich habe die Liste in meiner Tasche. Möchtest du es sehen?

„Nein, das nicht " , sagte meine Mutter steif, aber ich fügte hinzu:

„Gib es mir und ich stelle es morgen ins *Echo* . Das ist es, was sie wollen."

„Nichts dergleichen, du alter Zyniker! Ich werde dir nichts weiter darüber erzählen." Dennoch fuhr sie fort: „Wir haben das alte Laurence-Haus an der Ecke Garfield Avenue und Pine Street übernommen und es soll für die Unterbringung von Flüchtlingen aller Art hergerichtet werden."

„Unabhängig von Rasse, Glauben, Geschlecht oder Hautfarbe", flüsterte ich in Klammern.

„Niemand darf jemals von der Tür abgewiesen werden, ohne eine gute Mahlzeit zu sich zu nehmen, und es muss eine hintere Außentreppe errichtet werden, über die ein Landstreicher zu jeder Stunde der Nacht hinaufgehen kann, wo ein schönes, sauberes Bett auf ihn wartet …" natürlich vom Rest des Hauses abgesperrt."

"Oh warum?" Ich fragte unschuldig. „Sicherlich haben Sie genug Vertrauen in Ihren Bruder, um zu glauben, dass er keinen Verstoß gegen die Gastfreundschaft begehen würde?"

„ Das habe *ich* ", antwortete Belle und drückte meinen liegenden Körper noch weiter gegen die Rückenlehne des Sofas, auf dem sie Platz genommen hatte. „Aber denken Sie daran, dass wir im Vorstand nicht alle Theosophen sind."

Um es mit den Worten des historischen Zeugen gegen Mrs. Muldoon zu sagen: „So begann der Streit!" Belle wurde zur Schatzmeisterin des House of Refuge gewählt, aber da sie keine Zahlen kennt, musste ich die Bücher dieser einzigartigen Institution führen und war daher in der Lage, mir einen praktischen Überblick über ihre Funktionsweise zu verschaffen.

Ich werde nicht versuchen, die zahlreichen „Fälle" zu beschreiben, in denen mein Rat, wenn nicht sogar mein Geldbeutel, frei in Anspruch genommen wurde, sondern überlasse sie, zusammen mit der Beschreibung der vielen vorangegangenen Modeerscheinungen meiner geliebten besseren Hälfte, einem Historiker Ich werde mich damit begnügen, den besonderen „Fall" –

und die Eigensinne – zu erzählen, die unser Familienleben und unser Glück
am meisten beeinträchtigt haben.

„Das nenne ich soliden Komfort", sagte Belle eines Abends Ende September
zu mir, als wir im Salon in ein paar tiefen, federnden Sesseln saßen, vor einem
riesigen Kaminfeuer, das durch das Anzünden des Kamins gelöscht werden
würde Ofen. „Alle Kinder gehen wieder in die Schule, die Mutter ist zu
Besuch und jede Menge neue Bücher liegen auf dem Tisch."

Ich schaute von einem der oben genannten neuen Bücher auf.

„Warte nur! Das Saisongeschäft in der Zuflucht hat noch nicht begonnen."

„Allerdings ist alles in einem guten Zustand. Wir haben genug Lebensmittel-
und Gemüsespenden erhalten, um fast den ganzen Winter über
durchzuhalten. Wir haben jede Menge Holz für den Ofen und Mack und
Hardy haben uns etwas gebrauchtes gegeben." Möbel und———"

Die elektrische Türklingel sendete einen langen, gebieterischen Ruf aus.

„Wer kann das sein, Dave, um diese Nachtzeit? Keiner der Jungs
ausgesperrt?"

„Nein, sie sind alle schon vor einiger Zeit ins Bett gegangen."

Belle stand auf und ging zur Tür. Um mich vor der Zugluft zu schützen, zog
ich den Schrank von der Rückenlehne meines Stuhls über meinen kahlen
Kopf, aber das hielt mich nicht davon ab, zu hören, was vor sich ging.

„Sind Sie Frau Gemmell?" Dies von einer weiblichen Stimme, atemlos vor
Aufregung.

"Ich bin."

„Dann sind Sie einer der Treuhänder des Hauses der Zuflucht?" keuchte eine
andere weibliche Sprecherin.

„Ja. Willst du nicht reinkommen?"

„Nein, danke. Wir sind gerade gekommen, um Ihnen von diesem jungen
Mädchen zu erzählen, das zu uns gerannt ist, um Schutz zu suchen."

„Wir sind Schullehrer, Mama ."

„Sie ist in meiner Klasse, und sie hat keine Freundin in der Stadt und wusste
nirgendwo anders hin."

Dann folgte ein hysterisches Flüstern, das meine Neugier so sehr weckte,
dass ich zur Tür ging und meiner großen Frau über die Schulter spähte. Die
beiden unscheinbaren, sachlich wirkenden jungen Frauen waren

offensichtlich sehr beunruhigt, aber zwischen ihnen befand sich ein blondes Mädchen von fünfzehn oder sechzehn Jahren, das am wenigsten gestörte der Gruppe. Die drei älteren Frauen hätten vielleicht in einer fremden Sprache oder über jemand anderen gesprochen, so unbekümmert wirkte sie, da die Gefahr vorüber war.

„Wie kam es, dass sie mit diesen Leuten zusammen war?" fragte Belle, als ich nach vorne kam.

„Die Frau dieses brutalen Mannes erzählte uns, dass sie Kindermädchen bei der Ferguson Family Concert Company war, aber sie wurde hier in Lake City ohne einen Freund oder einen Cent abgesetzt."

„Sie nahm sie auf, um ihr beim Verkauf von Obst und Eis zu helfen, und ließ sie den ganzen Tag über zur Schule gehen."

An diesem Punkt brach die Gesprächspartnerin in ein strahlendes Lächeln aus und zeigte alle ihre feinen Zähne. Ihre Wange hatte Grübchen und wurde gerötet, und ihre blauen Augen blickten voller Spaß direkt in meine. Plötzlich wurde mir bewusst, dass ich vergessen hatte, die Ordnung zu entfernen, und ich zog mich verwirrt zurück, hörte aber Belles Fazit des Interviews:

„Warten Sie einfach eine Sekunde, bis ich Ihnen eine Nachricht an die Oberin des Hauses der Zuflucht gebe. Sie können das Mädchen dort lassen, bis wir sehen, was für sie getan werden kann. Sie wird vollkommen in Sicherheit sein und sollte besser weitergehen Schule wie gewohnt.

Eine Woche später fragte ich meine Frau, was aus ihrem jüngsten *Schützling geworden sei*.

„Du meinst Mary Mason? Sie ist schon in der Zuflucht, geht zur Schule, und wir haben die Eisdiele dieses Mannes erledigt."

"Wie?"

„Hat ihn boykottiert. Anders können wir ihn nicht erreichen."

„Das ist ziemlich hart für seine Frau, die eine anständige Partei zu sein scheint."

„Die Unschuldigen scheinen oft mit und für die Schuldigen zu leiden, aber wenn Sie das Gesetz des Karma verstehen würden, würden Sie wissen, dass alles Böse, das uns widerfährt, in Wirklichkeit das Ergebnis eines eigenen Fehlverhaltens in einer früheren Inkarnation ist. Mary Mason selbst ist es." eine Instanz."

"Was ist los mit ihr?"

„Armes Mädchen! Ihr ganzes Leben lang wurde sie von der Säule auf den Posten gestoßen. Sie hat keine Ahnung, wer ihre Eltern sind, und es gibt kein Geschöpf auf der Welt, auf das sie Anspruch hätte. Sie muss zuletzt sehr weit in die Irre gegangen sein. *Zeit*, wieder mit solchen Nachteilen auf die Welt gebracht zu werden.“

„Mir scheint, dass sie viele Vorzüge hat – schöne blaue Augen, gute Zähne, den modischen goldenen Haarton und den hübschesten Teint, den ich seit vielen Tagen gesehen habe.“

„Provozieren Sie nicht, Dave! Das arme kleine Ding hat noch die Spuren einiger Schläge an sich. Die Familie Ferguson war die erste, die sie jemals anständig behandelte oder ihr einen Lohn zahlte.“

„Warum haben sie sie fallen lassen?“

„Ein Mitglied unseres Komitees hat es sich zur Aufgabe gemacht, ihnen zu schreiben und zu fragen. Sie antworteten, dass das Mädchen, soweit sie wüssten, einen vollkommen guten Charakter habe, sich aber so lächerlich in Frank Ferguson, ihren ältesten Sohn, verliebt habe, dass sie es war sie machte ihr lästig, und so mussten sie sie gehen lassen.

Ich lachte.

„Solche Geschichten haben im Allgemeinen zwei Seiten.“

„Morgen soll in der Treuhänderversammlung entschieden werden, was mit ihr geschehen soll, denn sie sagt, sie wolle nicht mehr zur Schule gehen. Sie hatte bisher nie viel Gelegenheit, etwas zu lernen, und Sie ist in einer Klasse mit kleinen Mädchen, und das gefällt ihr nicht – sie sagt, sie würde lieber arbeiten gehen, um ihren Lebensunterhalt selbst zu verdienen.

Belle kam von diesem Treffen mit einem Gesicht voller gerechtem Zorn nach Hause. Ihre Hände zitterten so sehr über den Teetassen bei unserem Abendessen, dass sogar der sechzehnjährige Watty, unser ältester Sohn, es bemerkte.

„Was ist mit *Mama los*? Ihr Einkaufswagen ist kaputt.“

Ich wusste, dass der Wind Ärger bereiten würde, also stärkte ich mich mit einem guten Abendessen und las gleichzeitig meine Zeitung, um mir Zeit für das zu lassen, was folgen sollte. Die Kinder lernen ihre Lektionen im hinteren Teil des Kinderzimmers, und deshalb vermied ich es, meine übliche Position auf dem Sofa einzunehmen, sondern zog mich mit meiner Pfeife in die Stube zurück.

Plötzlich folgte mir meine Frau und lief vor Aufregung fast über die Möbel.

„Mach weiter, Belle, raus damit!“

„Du wirst zuhören, im Ernst?"

„Sicherlich, Mama . Ich hatte nie etwas dagegen, dass du aus mir ein Aasfresserfass machst, also mach weiter."

„Oh, diese wohlwollenden Frauen, Dave! Jede einzelne von ihnen ist so gutherzig wie nur möglich, aber wirft man sie in einem Ausschuss zusammen, sind sie so kalt und grausam und hinterlistig wie der gemeinste Geschäftsmann, den man nennen kann!" "

„Umso mehr!" sagte ich zustimmend, und Isabel nahm die Herabwürdigung ihres Geschlechts ausnahmsweise nicht übel.

„Es stellte sich die Frage, was mit Mary Mason zu tun sei, und jeder einzelne von ihnen, David – jeder von ihnen, mit ihren eigenen kleinen Töchtern, die zu Hause aufwuchsen, stimmte dafür, dass dieses Mädchen durch die Stadt gehen und ein Buch verkaufen darf." ."

„War es das, was sie selbst tun wollte?"

„Ja, aber denken Sie daran, dass sie es ihr erlauben! Sie wissen genauso gut wie ich, was für eine Stadt das ist und ob es für ein hübsches Mädchen wie sie sicher ist, in die Herrenpraxis zu gehen und es mit ihrem hübschen Aussehen und ihrer Art zu versuchen." um sie dazu zu überreden, Stanleys „Darkest Africa" zu abonnieren. Oh, ich war wild! Ich sagte zu Frau Robinson: „Wie soll deine Lulu das machen?" „Die Fälle sind sehr unterschiedlich", sagte sie, „meine Tochter muss ihren Lebensunterhalt nicht verdienen." „Mrs. Constable", sagte ich, „wenn Ihr Enkelkind allein auf der Welt gelassen würde, was würden Sie von der Wohltätigkeit einer Gruppe von Frauen halten, die ihr erlaubten, sich ihrem Schutz zu entziehen, um auf diese Weise ihren Lebensunterhalt zu verdienen?" „Ich sehe den Zusammenhang nicht", sagte sie; „Mary Mason kämpft seit ihrem siebten Lebensjahr gegen die Welt, und nur weil sie zufällig ein hübsches Gesicht hat, scheint man der Meinung zu sein, sie sollte in eine Vitrine gesteckt werden." und tue niemals etwas für sich selbst.""

„Sie hatte dich da, Belle", sagte ich und zog sie auf die Armlehne meines großen Sessels. „Lass das Mädchen in Ruhe, sie kommt schon gut raus. Sie sieht zu gut aus für eine Krankenschwester oder ein Hausmädchen, und sie kann nicht genug rechnen, um eine Verkäuferin zu sein. Ich weiß nicht, was sie sonst noch tun kann." ."

„Genau das haben die Damen in aller Ruhe entschieden", sagte meine Frau und ging erneut über den Boden. „Sie schienen zu glauben, dass eine kleine kaufmännische Ausbildung nur Marys Zauberei sein würde. Oh, diese Christen!"

„Sehen Sie, meine Liebe", sagte ich, „Ausschüsse sollen kein Gewissen haben. Sie verwalten die Einnahmen des Refugiums treuhänderisch für die Spender, und sie haben kein Recht, weiterhin ein arbeitswilliges Mädchen zu unterstützen." für sich selbst. Wie sie es vorhat, geht sie nichts an."

„Das ist genau das, was es ist – ihre Aufgabe; ihre Aufgabe, dafür zu sorgen, dass ihr nicht genau das Schicksal widerfährt, vor dem wir sie schon einmal gerettet haben. Oh! Es ist unmöglich, diese engstirnigen, orthodoxen, bigotten Menschen dazu zu bringen, mehr als zu sehen eine Seite einer Frage.

„Pass auf, dass du auf deiner eigenen Seite nicht dogmatisch wirst", sagte ich und erhob mich, um die Asche aus meiner Pfeife zu klopfen. „Wenn es das Gesetz des Karma ist, das dafür verantwortlich ist, dass sie in so jungen Jahren sich selbst überlassen wurde, dann ist es dasselbe Gesetz, das jetzt hinter ihr her ist, und ich würde mich an deiner Stelle nicht in seine Funktionsweise einmischen."

„Du verstehst überhaupt nicht, wovon du sprichst", und Belle verließ das Zimmer, um einen lautstarken Streit im Kinderzimmer beizulegen.

KAPITEL II.

WÄHREND , wie es ihr ginge. Meine Frau erzählte mir jedoch, dass sie in einem Zimmer über einem Laden in der Stadt wohnte, ihre Mahlzeiten auswärts einnahm und dass sie mit ihrer Abonnementliste sehr gut zurechtkam.

„Dem Mädchen geht es gut, wenn die Klatschtanten sie nur in Ruhe lassen würden. Einige von ihnen behaupten, sie habe im Refugium ein Kind bekommen, und obwohl die Damen in unserem Komitee dies empört leugnen, schütteln sie den Kopf und sagen: „Natürlich." Ich weiß jetzt nichts über sie.

„Das ist die einzige Aufregung, die viele dieser Frauen haben", sagte ich. „Um nichts in der Welt würden sie einen französischen Roman lesen, und einige von ihnen würden nicht im Theater gesehen, also müssen sie ihr krankhaftes Verlangen befriedigen." für Sensationsgier, indem sie alle möglichen unappetitlichen Geschichten hören und wiederholen – und sie tun es im Namen der Nächstenliebe! Es tut ihnen sehr leid, dass es so viel Bosheit auf der Welt gibt, aber da es so etwas gibt, haben sie Freude an der Untersuchung von Details, und es spielt keine große Rolle, ob sie etwas Gutes tun oder nicht.

„Was Mary Mason betrifft, gibt es keine Einzelheiten, die es zu untersuchen gilt. Ich habe mir Mühe gegeben, das sicherzustellen, als ich hörte, dass ein riesiger Maschinist, der in derselben Wohnung wohnt, Lügen über sie erzählte." , nur weil sie sich weigerte, ihm etwas zu sagen."

Als ich eines Tages mittags das Echo-Büro verließ, sah ich Hendersons hübsches schwarzes Pferd, mit dem Wrack eines Schlittens hinter sich, in vollem Galopp die Straße entlangkommen, und ich überlegte gerade mit mir selbst, ob es meine Pflicht als Bürger *sei* , was mich dazu aufrief, zu versuchen, die Bestien aufzuhalten, war stärker als meine Pflicht gegenüber meiner Frau und meiner Familie, die mir befahl, dort zu bleiben, wo ich war, als eine junge Dame über den Schneegrat am Rande des Bürgersteigs sprang und sich auf das Stück stürzte das nächste Pferd. Das mächtige Tier schleuderte sie sofort von den Füßen, wurde aber für einen Moment aufgehalten, und in diesem Moment packte ein junger Mann den Steuermann auf der anderen Seite; Das Team wurde direkt angehalten und von einer Menschenmenge umzingelt. Dann sah ich, dass es Mary Mason war, die die Heldin des Dramas war. Sie zog sich aus der Menge zurück, rückte ihren flachen Hut über ihrem rosigen Gesicht zurecht und ging mit ihrer gewohnt gleichgültigen Miene davon.

„Sie hat einen guten Mut, das Mädchen", sagte ich zu mir selbst, aber ich dachte nicht mehr an sie, bis ich an einem bestimmten Abend im März nach Hause kam und sie bequem auf der einen Seite des Kaminfeuers unseres Kinderzimmers vorfand, während meine Mutter nach Hause kam die andere Seite warf ihr über ihre Brille hinweg misstrauische Blicke zu. „Miss Mason" aß mit uns zu Abend, und dann zog ich mich in meinen großen lederbezogenen Schaukelstuhl im Wohnzimmer zurück, um die Entwicklung abzuwarten. Man muss sich diesem Stuhl mit Respekt nähern, denn er hat den altklugen Trick, die Füße eines unvorsichtigen Sitzenden entweder in die Luft zu kippen oder ihn auf den Boden zu werfen. Ich kenne seine Lage, kann mein Gleichgewicht wahren und wurde noch nie vorwärts oder rückwärts geschleudert – außer einmal in jede Richtung.

Plötzlich folgte mir Belle, „beladen", wie die Jungs sagen.

„Es scheint, als würde ich mich nie von der Verantwortung für dieses Kind befreien."

"Was läuft jetzt?"

„Heute in der Stadt habe ich den Polizeichef getroffen –"

„Toller Kumpel von dir!"

„Ja, in der Tat. Wir haben zu unterschiedlichen Zeiten ausführlich über einige meiner Fälle gesprochen. Heute sagte er: ‚Sie interessieren sich für dieses junge Mädchen, Mary Mason, nicht wahr, Mrs. Gemmell?' „Ja", sagte ich, obwohl mir der Mut sank und ich nicht verstand, warum er sich nicht an irgendjemanden anderen aus dem Komitee hätte wenden können . „Stimmt irgendetwas mit ihr nicht?" „Noch nicht", sagte er, „aber es wird ziemlich bald soweit sein, wenn sich jemand nicht um sie kümmert. Es gibt einen Plan zu Fuß, sie nach Chicago zu bringen – um ein Buch zu verkaufen – so heißt es." „Meine Güte! Niemand würde es wagen!" „Würden sie das aber nicht?" sagte er. „Es gibt in dieser Stadt einen bekannten Trommler. Er weiß, dass das Mädchen keine Freunde hat, und in Chicago kennt sie nicht einmal eine Menschenseele. Es ist schade, denn ich habe mein Auge verloren . " Den ganzen Winter über war sie auf der jungen Frau, und sie hat sich vollkommen gerade gehalten.'

„Du denkst vielleicht, Dave, dass ich zu diesem Zeitpunkt schon abgehärtet sein sollte, aber ich war ziemlich benommen, als der Polizeichef weiter sagte: ‚Ich kann mich in der Sache nicht bewegen. Wir dürfen diese Dinge niemals anfassen.' bis das Unheil angerichtet ist; aber wenn Sie Lust haben, Nachforschungen anzustellen, werden Sie herausfinden, dass ich Ihnen die Wahrheit gesagt habe.'

„Als er mich verließ, drehte ich mich um, um nach Hause zu kommen, wusste nicht, was ich tun sollte, aber als ich um die erste Ecke bog, traf ich nicht direkt Mary Mason selbst! Ich hatte sie seit ein paar Monaten nicht mehr gesehen." „Wie geht es Ihnen , Frau Gemmell?" sagte sie, denn ich blieb stehen und starrte sie an, als wäre sie eine weiße Krähe. „Was ist mit ‚Darkest Africa?'" Ich fand den Atem, um zu fragen, obwohl ich an „Darkest Chicago" dachte „Jetzt bin ich damit fertig", sagte sie, „habe es auch sehr gut gemacht." „Und was wirst du als nächstes tun?" „Ich weiß nicht . Was auch immer sich ergibt. Ich habe ein Angebot, nach Chicago zu gehen, um dort ein Buch zu verkaufen." Ich packte sie am Arm, als wäre ich der Polizeichef. „Mary, würdest du bitte zu mir nach Hause gehen und dort auf mich warten, bis ich komme?" „Oh ja, Mama , wenn du willst", und los ging sie, ohne Fragen zu stellen.

„Nun, Dave, ich habe heute Nachmittag vier Stunden Amateurdetektivarbeit geleistet, und ich habe das Gefühl, ich bräuchte ein moralisches Bad. Ich habe herausgefunden, dass alles wahr ist, wie der Polizeichef gesagt hatte. Es gab eine Verschwörung um das Mädchen zu ruinieren, und ich glaube nicht, dass der Autor sein Interview mit mir so schnell vergessen wird.

„Was nützt das der jungen Frau? Es gibt noch viel mehr seiner Art auf der Welt, und bei ihren ererbten Neigungen ist es wohl nur eine Frage der Zeit – wie schnell es ihr schlecht geht."

„David Gemmell!"

Es lohnt sich, ab und zu eine ätzende Rede zu halten, um zu sehen, wie Isabel sich zu voller Größe erhebt. Ihre braunen Augen strahlen förmlich Funken aus, und ihr graues Haar, das sie gewellt und gescheitelt trägt, verleiht ihr einen Hauch von Vornehmheit, der für einen rächenden Geist nicht fehl am Platz wäre.

„Ich kam völlig müde nach Hause", fuhr sie fort und ließ sich in den Stuhl neben mir sinken, „und als ich durch das Fenster des Kinderzimmers schaute, saß Mary Mason mit unserer kleinen Chrissie auf ihrem Knie. Die beiden Gesichter im Feuerschein sahen sich so ähnlich." dass mein Herz einen großen Schlag machte, und ich schwor, dass das Mädchen nie wieder treiben sollte. Dies ist das zweite Mal, dass sie an mein Ufer geworfen wurde, und ich muss für sie sorgen."

Also trat Mary Mason in unseren Familienkreis, ohne dass irgendjemand etwas dazu zu sagen hatte – außer meiner Mutter!

„Was ist bei Eesabell? Ta'en up mit dem Noo ?

„Ihr Name ist Mason", sagte ich; „Mary Mason."

„Ich habe es schwer Deine Frau hatte darüber nachgedacht , sich ein Dienstmädchen zu behalten , aber ich habe es nicht getan erwarten Ich werde sehen , wie sie mit der Frau am Tisch sitzt .

„Sie ist kein Hausmädchen. Sie bleibt nur eine Weile bei uns.“

„Man würde denken, Eesabell micht haha genug adae Mit ihr ist es soweit , sie nimmt nur Fremde auf .

„Aber Mary soll bei der Hausarbeit helfen, als Gegenleistung für ihre Verpflegung und Kleidung.“

„Dann soll sie ein Kep und eine Schürze tragen und mit Marget essen .“

„Margaret könnte Einspruch erheben“, und ich lachte über die wahrscheinliche Bestürzung unseres tapferen, rauen Fünf-Fuß-Zehners, sollte diese damenhafte Blondine dauerhaft in ihr Reich eindringen.

„Hoo lang ist sie gaun to st'y ?“

„Das ist mehr, als ich Ihnen sagen kann.“

Als Mary eine Woche im Haus war, wurde klar, dass etwas mit ihr getan werden musste.

„Sie wird bestimmt nicht wieder auf die öffentliche Schule gehen, Dave, und doch kann sie weder lesen noch schreiben. Glaubst du, wir können es uns leisten, sie auf ein Internat zu schicken – zum Beispiel in ein Kloster, wo sie wäre?“ gut versorgt und ihre Rückständigkeit berücksichtigt?“

Belle und ich waren zusammen unterwegs. Es war der erste frühlingshafte Abend, den wir hatten, und ich probierte Jim Atwoods neue Stute auf der Maple Avenue aus, die neu gepflastert worden war. Ich war so damit beschäftigt, ihre Schritte zu beobachten, dass ich meiner Frau nicht sofort antwortete und sie fortfuhr:

„Du wolltest mir dieses Frühjahr ein Pferd und eine Victoria besorgen , aber ich bin bereit, sie aufzugeben, um Mary zur Schule zu schicken.“

„Erfreue dich selbst, meine Liebe. Du wärst derjenige, der die Wahlbeteiligung nutzt. Ich bin zufrieden damit, etwas von meinen Freunden zu leihen. Ist sie nicht eine Schönheit?“

Belle kam aus dem Weltraum, um mir zu antworten.

„Ja, gerade jetzt; aber das wird sie nicht sein, wenn sie alt ist. Ihre Gesichtszüge sind überhaupt nicht gut; ihre Stirn ist zu schmal und ihre Nase zu breit. Ohne ihr schönes Haar und ihren Teint hätte sie nichts mit dem man prahlen kann, aber ein Paar ganz gewöhnlicher blauer Augen.“

„Wer? Die Stute?“

„Sei nicht dumm, Dave, und achte darauf, was ich sage. Ich habe kaum Gelegenheit, mit dir zu sprechen, Gott weiß!"

„Man ist öfter und länger als jeder andere bei der Redaktion zu hören."

„Dann leih es mir jetzt. Glaubst du nicht, dass ein Kloster der beste Ort für Maria wäre?"

„Vielleicht – denn soweit wir wissen, gibt es keine theosophischen Bildungseinrichtungen."

„Maria ist als Theosophin noch nicht weit genug fortgeschritten. Sie wird viele Male zurückkommen müssen, bevor sie es ist. Die römisch-katholische Kirche ist in dieser Inkarnation auf ihrem Höhepunkt."

„Es scheint die Massen zu erreichen, das ist eine Tatsache, während Ihre Theosophie weder für ungebildete Menschen noch für Kinder praktikabel zu sein scheint."

„Da stimme ich dir nicht zu."

„Warum waren Sie dann so darauf bedacht, Watty auf eine kirchliche Schule zu schicken, um seine Ausbildung abzuschließen, und warum sind Sie bereits auf der Suche nach einem Internat für die beiden Mädchen, wo sie die besten christlichen Einflüsse haben werden? Was ist Ihr Ziel?" indem wir so wählerisch sind, dass die jüngeren Knaben regelmäßig unseren Chor mit Chorhemden besuchen?"

„Es vermittelt ihnen eine gute Vorstellung von Musik – aber darum geht es im Moment nicht. Können wir es uns leisten, Mary Mason in ein Kloster zu schicken, oder können wir nicht?"

„Wählen Sie zwischen ihr und der Buggy-Stute, die für eine Dame zum Fahren geeignet ist", sagte ich; aber in Wirklichkeit war es meine Mutter, die die Frage geklärt hat.

Als wir an diesem Abend nach Hause kamen, saß sie am Kamin und

„ Nähre ihren Zorn, um ihn warm zu halten."

„Du musst entweder in die Grube gehen, Hizzy „Oot the hoose , oder ich werde die Bande treffen ."

„Was ist jetzt los, Mutter?"

„Ich sage ihr nicht , sie soll den Jungen die Gebisse bürsten , um morgens für die Schule bereit zu sein . Sie waren verprügelt. " mit ihren Lektionen und sie war nicht daein ' a han's turn.

"Und was hat sie gesagt?"

„ S'y ! Ich wünschte, du hättest den Leuk gesehen, den sie mir gegeben hat !“

„Die Jungs können ihre Ain- Gebisse bürsten“, sagte sie; „Ich bin nicht ihr Diener.“

Ich lachte.

„Es ist klar, dass sie nicht in Schottland aufgewachsen ist, sonst wüsste sie, dass es die Pflicht der Mädchen im Haus ist, die Jungen zu bedienen.“

„Es ist um einiges besser , als zu sehen, wie die Jungs hinter den Mädels herlaufen und sich um sie kümmern , wie sie hier sind . Wenn ein Mann nach Hause kommt . “ Nach seinen Tagen Wark , man sollte ihn auf seinem Stuhl sitzen lassen, und er hat ein paar Dinge für ihn übrig.

„David“, sagte Belle und ließ sich mit einer dramatischen Geste auf einen Schemel zu meinen Füßen sinken, „du sollst mir nie wieder die Stiefel zuknöpfen! Aber im Ernst“, fuhr sie fort, als Mutter sich mit großer Trauer in ihr Allerheiligstes oben zurückzog. Ich glaube nicht, dass von Mary erwartet werden sollte, dass sie den Jungen die Stiefel putzt. Wir haben sie nicht als Dienerin eingestellt, und selbst wenn, gäbe es in diesem Teil des Landes kein angeheuertes Mädchen, das nicht viel Aufhebens machen würde, wenn sie es tun würde Ich musste die Stiefel des Hausherrn bürsten, ganz zu schweigen von den Jungs. Wir müssen Mary irgendwohin verfrachten, und sei es nur, um den Frieden zu wahren.“

Also wurde Maria in ein Kloster geschickt und kam nach drei Monaten für ihre Ferien in unser Sommerhaus in Interlaken zurück. Die Nähe zum großen See gefällt meiner Mutter nicht, und sie verbringt dort selten länger als eine Woche bei uns, besucht aber im Juli und August meine verheiratete Schwester in der Stadt. Für Belle und mich war es nun frei, zu entscheiden, welche Fortschritte bei der Erschaffung von Mary gemacht worden waren, und wir glaubten, ein gutes Geschäft entdeckt zu haben.

„Was haben sie dir angetan, diese Nonnen, dich so schnell abzuschwächen, Mary?“ Ich fragte, als sie neben mir saß, in einem niedrigen Schaukelstuhl schaukelte und so hübsch aussah, dass ich ziemlich stolz auf sie als Zierde unserer Veranda war.

„Ich weiß nicht “, sagte sie, „es sei denn, es war die Übung, vollkommen still auf einer Stuhlreihe zu sitzen. Eine Nonne geht hinter uns und lässt ein großes Buch oder so etwas fallen, und jedes Mädchen, das springt, bekommt eine schlechte Note . “

"Hauptstadt!" Ich weinte; „Kein Wunder, dass Sie ein ruhiges Benehmen gelernt haben.“

So ermutigt fuhr das Mädchen fort:

„Dann veranstalten wir kleine Partys und Empfänge, und wir müssen uns mit den Nonnen und untereinander unterhalten, und jeder, der eines der drei Ds erwähnt, bekommt eine schlechte Note.“

„Die drei Ds?“

„Ja, Sir – Kleidung, Krankheit und Hauspersonal.“

„Hör das, Belle“, sagte ich lachend, als meine Frau sich auf den Schaukelstuhl auf der anderen Seite von mir setzte; „Stellen Sie sich vor, dass eine Ansammlung von Frauen gezwungen wäre, sich von den drei Ds fernzuhalten!“

„Du solltest Mary nach ihrem Studium fragen“, war die strenge Antwort. „Wir haben uns sehr über Ihre Briefe gefreut.“

„Ja, mama , Schwester Stella war immer sehr gut darin, sie hat mir bei den großen Worten geholfen und oft das Ganze für mich aufgeschrieben. Manchmal musste ich es zwei- oder dreimal abschreiben, bevor ich es ihr recht machen konnte.“

Belle wechselte hastig das Thema. „Lassen Sie Mr. Gemmell das Stück hören, das Sie mir heute Morgen vorgetragen haben.“

Ich kann die Ausdrucksweise nicht beurteilen, aber die Gesamtwirkung des jungen Mädchens, das dort im Bogen der Veranda stand, mit einem mit Clematis bekränzten Pfosten auf beiden Seiten und ihrem dem goldenen Zwielicht zugewandten Gesicht mit seiner zarten Farbe, war angenehm im Extremfall.

„Vielleicht wird sie eines Tages berühmt sein “, sagte Belle, als Mary sich diskret zurückzog. „Sie lernt Verse viel schneller auswendig als sie liest.“

„Dennoch muss man heutzutage, um ein erfolgreicher Redner zu sein, über eine gründliche Ausbildung verfügen, und Mary ist zu spät dran, um damit anzufangen.“

„Man kann es nicht sagen. Sie hat das Aussehen, und das ist die halbe Miete.“

„Bei uns vielleicht; aber denken Sie daran, wir sind keine fähigen Kritiker, auch wenn einer von uns ein Theosoph ist.“

„Lachen Sie, wie Sie wollen, Dave. Die Theosophie befriedigt mich, weil sie einige Dinge in meiner Natur erklärt, die ich vorher nie verstehen konnte.“

„Vielleicht sind Sie zu früh zufrieden. Das ist bei allen neuen Bewegungen so – eine Geschichte ist gut, bis die andere erzählt ist. Ihre Urenkelin wird über die Leichtgläubigkeit Ihrer Ideen zu genau diesem Thema lächeln.“

„Sie kann lächeln, und Sie können das auch. Wir geben nicht vor, alles zu wissen; wir hoffen nur, dass wir auf dem richtigen Weg sind, um zu lernen. Ich für meinen Teil bin dankbar, dass es klügere Köpfe als meine gibt, die darüber rätseln." das Problem unserer psychischen Kräfte. Ich habe immer Eindrücke von unbelebten Objekten gemacht, und das hat mich gestört. Jetzt finde ich, dass meine Empfindungen unter der Rubrik Psychometrie analysiert und klassifiziert werden, und es ist ein Trost zu wissen, dass andere Menschen außer mir das können erkennen eine *Aura* und sind töricht genug, den Eindrücken zu vertrauen, die sie auf diese Weise erhalten.

Geschenk – falls es ein Geschenk wäre – nicht zu einer Salonunterhaltung machen, wie ich gehört habe, dass du es neulich Abend bei den Wades getan hast."

„Wer hat es dir gesagt? Was hast du gehört?"

„Zeitungsmänner hören alles. Sie haben Herrn Saxon gebeten, sein Taschentuch ein paar Minuten lang fest in der Hand zu halten und es Ihnen dann zu geben. Sie haben die Augen geschlossen, während Sie es gehalten haben, und haben den Eindruck seiner Aura erhalten ‚' oder die Atmosphäre, die ihn umgibt, oder wie auch immer Sie es nennen möchten, und dann stellte Ihnen die Firma Fragen, und Sie gaben ihm einen tollen alten Charakter. Er mochte es kein bisschen, ebenso wenig wie seine Frau und seine Frau auch nicht Schwiegermutter. Du wirst dir Feinde machen, wenn du nicht aufpasst."

„Es *war* falsch von mir, meine Kräfte nur zur Befriedigung müßiger Neugier einzusetzen. Kein guter Theosoph würde das gutheißen."

„Sagen Sie lieber: ‚Kein vernünftiger Mensch würde das tun.' Die Theosophen haben kein Monopol auf den gesunden Menschenverstand. Meiner Meinung nach haben sie in diesem Artikel leichte Defizite, aber ich wage zu behaupten, dass sie dies durch ungewöhnlichen Menschenverstand wettmachen."

„Du sprichst klüger, als du denkst", sagte Belle feierlich. „Wenn ich nicht einige der Ideen der Bruderschaft aufgenommen hätte, frage ich mich, wo dieses hübsche, unschuldige junge Mädchen zu diesem Zeitpunkt gewesen wäre. Möchten Sie, dass ich zurückkehre und so werde wie früher, eine reine Materialistin? Kümmerst du dich nur um Kleidung, Tanzen und Spaß haben? Du weißt, dass du das nicht tun würdest, David. Du weißt genauso gut wie ich, dass die Theosophie die Schöpfung von mir war, und durch mich wird sie auch die Schöpfung von Maria sein ."

KAPITEL III.

FÜR GROßEN Seen Amerikas wie heulende Wildnis des Wassers wirken, denn die Ufer sind meist niedrig und unmalerisch . Es gibt keinen Wechsel der Gezeiten, der für Abwechslung sorgt, kein starker Algengeruch und keine salzige Brise, die die müden Nerven stärken, aber die müden Nerven werden trotzdem gestärkt. Der Sand ist weich und sauber, sodass man sich darauf ausdehnen kann, und die Wellen, die einem ständig zu Füßen rollen, wirken beruhigend in ihrer Monotonie. Es besteht keine Angst vor dem Eindringen des Wassers, keine Angst davor, dass es fast eine Meile lang ein kahles Watt zurücklässt; und die grenzenlose blaue Weite, die auf den Horizont trifft, befriedigt das Auge, dem es egal ist, ob das Land auf der anderen Seite Hunderte oder Tausende Meilen entfernt ist, solange es außer Sichtweite ist.

Eines Abends im Juli schienen zwei junge Leute den Michigansee in jeder Hinsicht vollkommen zufriedenstellend zu finden. Das Mädchen saß auf einem Treibholzstamm und bohrte mit den spitzen Zehen ihrer Schuhe Löcher in den Sand, die für diesen Zweck viel zu fein waren, während der junge Mann, der sich zu ihren Füßen ausgestreckt hatte, sie ansah, anstatt den Sonnenuntergang zu bewundern, den sie zu bewundern gekommen waren. Ich musste daran denken, was für ein hübsches Bild sie machten, als ich mit meiner Pfeife am Ufer entlang spazierte, um mich nach einem sehr heißen Tag in der Stadt abzukühlen.

Die Familie war alle in Interlaken, aber Margaret blieb in Lake City zurück, um das Gras zu bewässern und mir mein Mittagsessen zu geben. Ich kann mich nicht entscheiden, welchen Beruf sie für den wichtigeren hielt. Bei uns ist es nicht einfach, Gras zum Wachsen zu bringen, und wer im Juli und August einen einigermaßen grünen Fleck vorweisen kann, beweist große Ausdauer in Sachen Rasenberegnung. Ich sagte Margaret, dass sie im nächsten Winter bereit sein würde, zur Feuerwehr zu gehen, da sie eine echte Expertin im Umgang mit dem Schlauch werden würde. Aber zurück zur Küste von Michigan.

Das Liebespaar interessierte mich so sehr, dass ich mich ihnen nach und nach näherte. Die Art hat selten Einwände gegen die Nähe eines dicken kleinen Mannes mit einer prosaischen Pfeife im Mund und einem Paar hellblauer Augen, die durch eine Brille beeinträchtigt sind und immer nach einem Segel am Horizont Ausschau zu halten scheinen. Tatsächlich errege ich nirgendwo Aufmerksamkeit, es sei denn, meine Frau ist dabei, und dann bin ich nur zu stolz und glücklich, in ihrem Spiegelbild zu leuchten.

Also setzte ich mich auf ein Stück Baumstumpf, weiß und glatt wie ein Skelett, bevor es von den Wellen hochgeworfen wurde; Doch als die beiden mich erblickten, sprang der Mann auf und kam mit ausgestreckter Hand auf mich zu, während das Mädchen in die andere Richtung davonschlenderte, und ich sah, dass es Mary Mason war.

„Hallo, Link?" sagte ich zu dem jungen Kerl. „Ich wusste nicht, dass du hier unten bist."

„Ich bin für ein oder zwei Wochen im Hotel. Ich habe gerade Ihre Adoptivtochter kennengelernt."

"Mein was?"

„Du hast sie adoptiert, nicht wahr?"

„Ich weiß nicht, ob ich überhaupt darüber nachgedacht habe."

„Sie ist ein süßes Mädchen und auch eine Schönheit. Jeder wäre stolz, sie zu besitzen."

„Das solltest du lieber Dolly Martin hören lassen."

Abraham Lincoln Todd richtete sich im unabhängigsten Junggesellenstil auf.

„Sie kann sich um mich kümmern, wenn wir verheiratet sind, aber in der Zwischenzeit bin ich ein freier Mann."

Er gilt als sehr gutaussehend, groß und dunkelhäutig, auch als guter Geschäftsmann, und Belle war mit der Verlobung zwischen ihm und Dolly Martin, die zwar kein hübsches Mädchen, aber stark und vernünftig und die Tochter einer von ihr war, durchaus einverstanden älteste Freunde.

Lincoln muss seine Intimität mit unserer Familie ausnutzen, um mit Mary Mason zu flirten.

Interlaken ist kein modischer Ferienort. Sogar das Hotel ist eine gemütliche Unterkunft, die die Gäste scheinbar selbst führen, obwohl sie im Allgemeinen lieber draußen wohnen und nur zum Essen und Schlafen drinnen sind. Hin und wieder, an einem kühlen Abend, tanzen die jungen Leute, und einige von uns Älteren werden auch mit hineingezogen.

Schotten lieben es zu tanzen, und ich bin da keine Ausnahme. Ich habe keine Lust auf Walzer oder einen der neumodischen Reigentänze, aber gib mir einen schottischen Highland-Tanz oder einen Square Dance, wenn da ein erfinderischer Geist ist, der die Figuren anführt und viel Abwechslung vorschreibt. In Interlaken gab es keinen professionellen Caller-Off, aber Lincoln Todd leistete beim Tanzen seinen Dienst. Als er es satt hatte und sich auf eine Runde Walzer, Ripples, Jerseys, Bon Tons, Rush Polkas und was weiß ich was sonst noch einließ, blieb ich wie ein Mauerblümchen.

Der Grund, warum ich dort saß, war, dass ich Mary Mason nicht aus den Augen lassen konnte. Wo sie das Tanzen gelernt hat , weiß ich nicht, aber sie hat getanzt, mit einer Anmut und *Hingabe* , die jedes andere Mädchen im Raum zu einem Klumpenhüpfer machte. Lincoln Todd war ziemlich verliebt in sie.

Unseres ist eines von etwa einem Dutzend Cottages, die strahlenförmig vom großen Hotel ausgehen. Die meisten Häusler nehmen ihr Mittag- und Abendessen im Hotel ein und befinden sich wie wir in einem Zustand ohne Dienstpersonal . Belle sagte, dass sie auch ohne Margaret gut zurechtkäme, wenn sie Mary Mason hätte, die ihr bei der Hausarbeit helfen würde, und dass es tatsächlich nicht viel zu tun gäbe. Die vier Schlafzimmer öffnen sich in einen zentralen Raum, den wir Wohnzimmer nennen, aber nur bei nassem Wetter rechtfertigt er den Namen, denn in der Regel sitzen wir auf Schaukelstühlen oder schaukeln in Hängematten auf der breiten Veranda, die um drei herum verläuft Seiten des Hauses. Die Hütten liegen so dicht beieinander, dass ein guter Springer leicht von einer Veranda zur nächsten springen kann, und die Besitzerinnen plaudern hinüber, und die Männer auch, wenn sie jeden Abend oder von Samstag bis Montag von der Arbeit herunterkommen. Mein Los ist im Allgemeinen das kürzere Taschengeld, und eines Sonntagnachmittags lag ich in meiner Lieblingshängematte auf der Nordseite der Veranda und schlief den Schlaf des hirnmüden Redakteurs, bis mich Stimmen weckten.

„Mary, wo hast du diesen neuen Tennisschläger her?"

„Mr. Todd hat es mir gegeben."

„Habe ich Ihnen nicht deutlich gesagt, dass Sie nicht einmal Süßigkeiten von Mr. Todd annehmen sollen?"

„Er gibt dir und Chrissie Dinge."

„Das ist eine ganz andere Sache. Chrissie ist ein Kind und er ist ein alter Freund der Familie."

„Ich kann nicht anders, wenn er mir gerne Geschenke macht."

„Sie können helfen, sie anzunehmen, besonders von einem verlobten Mann."

„Es ist mir egal, ob er verlobt ist. Er sagt, dass ihm Miss Martin überhaupt nichts bedeutet.

„Mary! Ich glaube, du solltest es besser wissen, als dich so billig zu machen. Du gibst Mr. Todd den Schläger sofort zurück und sagst ihm, dass Mrs. Gemmell gesagt hat, dass du ihn nicht behalten sollst, und dass er dich das nächste Mal mitbringt Wenn du Blumen oder Pralinen runtergibst, machst du das Gleiche.

Wenn ich das Geschlecht und das ungefähre Alter von Mary nicht gewusst hätte, hätte ich gedacht, dass es sich um einen kleinen, wütenden Jungen handelte, der von der Veranda stapfte.

Am nächsten Samstagabend wurde der Vollmond bei seiner Arbeit durch ein großes Lagerfeuer unten an unserem Strand unterstützt. Nachdem das Adamless Eden sein „Wochenend"-Männerkontingent erhalten hatte, wurde es zu einer Maisrösterei angeregt. Die grünen Ohren, die an den Enden langer Stöcke befestigt waren, wurden von Mädchen und Männern über das Feuer gehalten, bis sie geröstet waren, und dann an eine Reihe von Matronen weitergegeben, die in großen Schürzen gekleidet waren und sie zum Verzehr salzten und mit Butter bestrichen. Wenn Sie etwas kennen, das süßer schmeckt als eine frisch geröstete und mit Butter bestrichene Maiskolben, dann ist Ihre Erfahrung umfassender als meine.

Während ich meine Augen wie gewohnt geschäftsmäßig richtete, konnte ich nicht umhin zu bemerken, dass Lincoln Todd nicht seinen Anteil an Treibholz sammelte, um das Feuer am Laufen zu halten, und ich sah auch nicht Mary Masons hübsches Gesicht in der Girlande aus Schönheiten, die sich mit eifrigem Interesse über das Feuer beugte mit Maiskolben bajonettierte Stangen. Vielleicht war es die Angst davor, ihren Teint zu verderben, die sie abseits hielt und mit Link flüsterte, aber es tat beiden recht, dass Dolly Martin genau diesen Moment für ihren Bühnenauftritt wählte. Sie und ihre Mutter schlossen sich der Gruppe der Butterer an , und mir fiel auf, dass Frau Martin Belles herzliche Begrüßung eher steif erwiderte. Dann ging Miss Dolly ruhig zu dem Paar, das getrennt saß, da sie offensichtlich die Rückseite von Lincolns Blazer erkannt hatte. Sie tat so, als wäre sie über einen seiner Füße gestolpert.

"Oh entschuldige mich!" sagte sie; und als Link auftauchte, hatte Mary Mason das Vergnügen, Zeuge einer Begegnung der verlobten Liebenden der herzlichsten Art zu werden. Sie machten einen Ausflug im Mondlicht, seinen Arm um ihre Taille gelegt.

Niemand außer mir bemerkte, wie das junge Mädchen in den Sand rutschte und ihren Kopf auf den Baumstamm legte, auf dem sie gesessen hatte, und selbst ich tat so, als würde ich nicht sehen, dass ihr Taschentuch in Aktion war.

"Hallo Mary!" sagte ich: „Ich werde es mit dir aufnehmen, wenn du Steine hüpfst. Schau dir das an!"

Damit schickte ich ein wunderschönes, flaches Exemplar mit fast einem Dutzend Sprüngen in der leuchtenden Spur des Mondes über das Wasser.

Sie schenkte mir zunächst keine Beachtung, und ich hüpfte immer wieder davon, als ob ich nicht gesehen hätte, wie sie sich die Augen wischte. Nach und nach ließ ein Schlag, der meiner selbst würdig war, einen Kieselstein durch die Wellen wirbeln, und Marys bereitwilliges Lachen ertönte neben mir. Innerhalb von zwanzig Minuten nach Dolly Martins Auftritt war „Mamie" das Zentrum der Maisröster und die fröhlichste der Schwulen. Belle erzählte mir, dass sie sich während der ganzen Woche, in der Miss Martin und ihre Mutter im Hotel waren, an diese Verhaltensweise gehalten habe.

„Es schien mir, dass Dolly ein besonderes Vergnügen daran hatte, vor der armen Mary ihr Glück zur Schau zu stellen, aber Mary zeigte nie die weiße Feder."

„In ihr steckt das Zeug zu einer tollen Frau."

„Das mag sein", sagte meine Frau. „Aber diese letzte Woche hat sie mich extrem beansprucht. Da sie keinen bestimmten Mann an der Leine hatte, ist sie mir wie ein Spaniel gefolgt, wollte wissen, was ich lese, und hat in dem Moment, als ich fertig war, mit einem Buch begonnen damit."

„Ich habe sie in letzter Zeit gesehen, wie sie ‚The Coming Race' mit sich herumträgt, aber mir fällt auf, dass das Lesezeichen immer an der gleichen Stelle bleibt."

Mary liebte einsame Spaziergänge in den Kiefernwäldern, unterbrochen von Plankenwegen, die das Flanieren ermöglichten. Abends, wenn die Lagerlichter in den Senken einen geheimnisvollen Charme versprühten, spazierten die Menschen gerne dort hindurch und weiter hinauf zum großen Tempelrittergebäude, das auf dem höchsten Punkt der Sandklippe mit Blick auf den Michigansee errichtet wurde. Jeden Abend erstrahlte dieses markante Bauwerk in elektrischem Licht, und manchmal spielte eine Band auf der Veranda; aber die einzigen Besucher waren Häusler und Gäste des Hotels, die dorthin gingen, um herumzuspazieren und die Aussicht zu genießen.

Unser Stadtredakteur überrascht mich oft mit der Tiefe und Breite seiner lokalen Informationen. Als ich zum Beispiel eines Tages das *Echo* öffnete, erfuhr ich, dass „Miss Mamie Gemmell" alle Radfahrerinnen der Stadt überholt hatte, indem sie die Strecke zwischen Lake City und Interlaken in 47 Minuten zurücklegte. Es wurde auch angemerkt, dass sie eine der anmutigsten Reiterinnen auf der Straße sei.

Ich frage mich, wie viele Generationen ein Mann aus Schottland vertrieben werden muss, bevor er gegenüber der Verwendung des Familiennamens gleichgültig wird. Ich gebe zu, dass ich mich innerlich windete, aber äußerlich gefasst fragte ich Belle, woher Mary das „Fahrrad" habe.

„Watty ist das alte. Er hat Mary das Fahren beigebracht und es ihr dann geschenkt, denn er hat sein Herz an ein neues Rad gehängt."

„Verdammt großzügig von ihm!"

„Ich bin froh, dass Sie das so sehen. Es kommt so selten vor, dass er für irgendjemanden etwas aufgibt. Ich dachte, er sollte ermutigt werden, und ich sagte, er sollte ein neues Fahrrad mit Luftreifen und den neuesten Verbesserungen haben." zu Weihnachten, wenn du es nicht für angebracht hältst, es ihm früher zu schenken."

Im August nahm ich an meinem alljährlichen Angelausflug teil, der zu Hause mittlerweile eher ein Witz ist, denn trotz meiner aufwändigen Vorbereitungen am Abend zuvor und der ungewöhnlichen Stunde, zu der ich morgens aufstehe, habe ich es noch nie getan Es ist bekannt, dass er alles fängt, was es wert ist, mit nach Hause genommen zu werden.

Diesmal war mein Begleiter ein Journalist aus Chicago, ein leidenschaftlicher junger Bursche, der es nicht lassen konnte, auch in den Ferien einzukaufen, und der eine kleine Wochenzeitung gegründet hatte, in der die Vorgänge eines bestimmten Kongresses festgehalten werden sollten eine Sommersitzung in unserem Hain abhalten.

Wir ruderten den kleinen See am Rande der Seerosen hinauf und fischten auf beiden Seiten, fingen aber nichts außer ein oder zwei Mondfischen. Dann zündeten wir unsere Pfeifen an und redeten.

„Was für eine äußerst kluge junge Dame Ihre Adoptivtochter ist. Ich habe erst neulich gehört, dass sie nicht Ihre eigene ist."

"In der Tat!"

„Ja, Sir. Niemand würde es glauben, mit ihr zu reden, aber sie hat für ein so junges Mädchen einen überraschend hellen Verstand. Sie kann nicht älter als siebzehn sein, aber ihre Beschreibungen sind gut genug für eine der besten Zeitschriften, und Sie hat offensichtlich viel über alle wichtigen Themen der Zeit nachgedacht. Sie ist in den Bereichen Hypnose, Evolution, Theosophie – alles gut informiert!"

„Gott sei Dank! Wie hast du das alles herausgefunden?"

Daraufhin kramte er ein paar seiner lästigen kleinen Publikationen aus der Tasche.

„Ich habe sie gebeten, etwas für unsere Zeitung zu schreiben, daher weiß ich es. Willst du es sehen?"

Ich möchte kein Literaturkritiker werden, aber ich schätze, ich kenne den Kompositionsstil meiner eigenen Frau, wenn ich ihm begegne. Während der zwei Jahre, in denen wir verlobt waren, lebte sie in Detroit und ich in Indiana, und ich vermisste ihre Briefe nach unserer Hochzeit so sehr, dass sie es bis zum heutigen Tag gewohnt ist, mich die Briefe vorlesen zu lassen, die sie anderen Menschen schreibt. Ich hatte jedoch nicht vor, sie diesem Zeitungsmann zu verraten, denn der Name „Mary Gemmell" starrte mir vom Ende jedes Artikels an ins Gesicht; aber als ich zu Hause ankam, protestierte ich bei Belle.

„Wie könnte ich anders, Dave? Da war das Mädchen, das mich aufzog, etwas für sie zu schreiben, weil dieser Kerl sie darum gebeten hatte. Sie sagte, ich könnte etwas genauso einfach aufschreiben wie nicht, und dann könnte sie es abschreiben ihn. Kopieren Sie es! Sie brauchte Stunden dafür, und ich war der Meinung, dass sie all das Lob verdient hatte, das sie für die Artikel bekam."

„Ich würde es an deiner Stelle nicht noch einmal tun. Es bringt das Mädchen dazu, unter falschen Bedingungen zu segeln."

„Arme Mary! Ihre eine kleine Errungenschaft hat ihr nichts mehr genutzt, seit dieser professionelle Redner ins Hotel kam, und ich hasste es, sie völlig in den Schatten stellen zu sehen, besonders während Dolly Martin hier war."

Es kam noch eine weitere Produktion aus der Feder von Miss Mary Gemmell.

„Wirklich, Belle", sagte ich, „das geht zu weit."

„Machen Sie sich darüber keine Sorgen. Einige der alten Katzen im Hotel begannen zu vermuten, dass Mary diese Dinge nicht geschrieben hatte, und beschuldigten mich ins Gesicht, es selbst getan zu haben, also musste ich einen Bericht über das Picknick schreiben den kleinen See hinauf, weil sie alle wissen, dass ich überhaupt nicht dort war!"

„Dann soll das das letzte sein."

„Das wird es, das versichere ich Ihnen, denn ich bin sehr unzufrieden mit Mary. Seit Mrs. Martin und Dolly gegangen sind, macht sie es genauso hart wie immer mit Lincoln Todd. Wenn Sie zum Gebäude des Tempelritters gehen, werde ich es rechtfertigen . " Sie werden sie in diesem Moment dort beim Flanieren finden.

„Nein, das werde ich nicht, denn ich bin gerade erst an ihnen vorbeigekommen, als ich durch den Wald kam, auf einer einsamen Bank sitzend, seinen Arm um ihre Taille und ihren Kopf auf seiner Schulter."

„Haben sie dich nicht gesehen?"

„Das wage ich zu sagen, aber ich habe mir nie anmerken lassen, dass ich sie gesehen habe. Was nützt das? Von mir kann nicht erwartet werden, dass ich das *Echo* meinen U-Booten überlasse und hierher komme, um für Mary Mason den Sonderpolizisten zu spielen. Ich hätte denken sollen, dass Todd einer ist." eher ein Gentleman.

„Das sollte ich auch, aber ich habe mit ihm gesprochen, mich tatsächlich mit ihm gestritten, damit er nicht in die Nähe des Hauses kommt, aber ich weiß, dass er und Maria sich trotzdem treffen. Gott sei Dank! Er wird bald heiraten." "

„Hast du Mary das erzählt?"

„Ja, aber sie lacht und zuckt mit den Schultern; sie glaubt offenbar, mehr über die Absichten von Lincoln Todd zu wissen als ich."

In der letzten Augustwoche war Herr Todd für ein paar Tage „geschäftlich" unterwegs, und dann kam ein schrecklicher Morgen, als im Echo die Ankündigung seiner Heirat mit Dolly Martin *erschien* .

Mary wollte ihren Ohren nicht trauen. Sie nahm die Zeitung mit zum Strand und buchstabierte die Mitteilung Wort für Wort. Dann legte sie sich in den Sand und heulte, trat und quiekte wie ein einjähriges Kleinkind, als Belle an ihre Selbstachtung appellierte.

„Ich hätte sie gut verprügeln können", sagte meine Frau. Das Schlimmste daran war, dass das ganze Hotel „auf der Hut" war, wie Watty es vulgär ausdrückte, und eher über Belles Demütigung lachte, anstatt mit ihr in der schwierigen Zeit, die sie mit ihrer „Adoptivtochter" erlebte, Mitleid zu empfinden.

Unsere Trauer als Familie war nicht unerträglich, als es im September für Mary Mason an der Zeit war, ins Kloster zurückzukehren.

KAPITEL IV.

PLÖTZLICH HÖRTEN selbstbewussten Schlittenglocken auf zu klingeln, und der lange Planenwagen mit seinen vier PFERDEN hielt vor unserem „Haus der vielen Giebel" in Lake City. Watty, damals ein großer Junge von achtzehn Jahren, im Mantel, mit Pelzmütze und Handschuhen, ging schnell hinaus und schlug die Haustür hinter sich zu, während seine jüngeren Brüder und Schwestern mit ihrem Atem Löcher in den Frost auf den Fensterscheiben bohrten. um seinen Abschied mit der urkomischen Schar junger Leute zu beobachten.

„Warum gehst du nicht , Mame?" fragte Joe, unser kleinster Sohn, von dem Mädchen, das seine Weihnachtsferien bei uns verbringt.

„Wurde nicht gefragt", antwortete sie trotzig. „Und außerdem habe ich keine Lust, irgendwohin zu gehen , wenn die Mädchen sich mir gegenüber nicht besser benehmen als neulich auf der Party."

Belle hob den Kopf vom Buch des Schatzmeisters des Hauses der Zuflucht.

„Vielleicht warst du nicht nett zu ihnen, Mary?"

„Ja, das war ich auch. Ich lächelte, wann immer einer von ihnen mich ansah, aber alle drehten den Kopf, als hätten sie mich noch nie zuvor gesehen."

Meine Frau seufzte, als sie sich wieder über ihr Buch beugte. Wenn die Schwierigkeit, sich mit Mary anzufreunden, nur bei Außenstehenden lag, hätte man sie vielleicht geduldig ertragen können, aber es gab eine Mutter, für die die Anwesenheit des Mädchens im Haus ein ständiger Kummer war.

Als der Schnee kam, konnte ich für Belle ein ruhiges Pferd und einen Mikadoschneider kaufen, aber während der Ferien hatte sie keine Freude daran.

„Ich fahre in die Innenstadt, Mutter", hörte ich sie eines Morgens sagen. "Möchten Sie gehen?"

„Ist Mary Gaun ?"

„Ich habe darüber nachgedacht, sie mitzunehmen."

„Dann mache ich keine Bande. Ich würde Mary nicht gern beschimpfen ."

„Liebe Mutter, da ist noch viel Platz."

„Ja, ja, aber du weißt, dass Mary nicht gerne mit dem Rücken zum Pferd sitzt ."

So etwas passierte immer. Eines Tages kam die alte Dame von einer Besuchsrunde nach Hause, körperlich und geistig sehr verstört. Das sandfarbene Haar, das ich geerbt und größtenteils verloren habe, zeigt nicht das Grau, mit dem es vermischt ist, und es ist so hell und drahtig, dass es einem schwerfällt, sich an die siebzig Jahre meiner Mutter zu erinnern. Sie ist eine kleine Frau, aber ihre Persönlichkeit ist so groß, dass die Wellen im ganzen Haushalt zu spüren sind, wenn ihre Oberfläche gestört wird.

„Was glaubst du, was ich gehört habe?" Sie weinte und fand mich allein im Kinderzimmer auf dem Sofa und hilflos in ihren Händen.

MacTavishes vorbeigeschaut hast ."

„Da weißt du, was für ein Hizzy du gemacht hast intill Du Wählen Sie Ca's hersel 'Mary *Gemmell*?'

„Na ja, was steckt in einem Namen?"

„Ich habe gewonnen Ich höre dich, Davvit! Was hast du denn für einen Glauben übrig? dachte Komm schon, oder du Großmutter? Geben Sie den weiblichen Namen , der von einer Generation bis zu einer anderen unbefleckt gekommen ist , um von den Straßen zu fliehen! Ou, ja! Ich wusste nicht, was passieren würde, als ich es dir sagen musste Ich bin ein Verdienst , bis ich ein Amerikaner bin .

„Warte, Mutter. Du bist einfach zwanzig Jahre zu spät, diese Geschichte aufzuzählen. Wenn es mir und Belle passt, dieses Mädchen namens ‚Mary Gemmell' zu haben, dann wird sie Mary Gemmell sein, wenn es ganz Schottland auf den Kopf stellt." Fersen in die Nordsee."

Es kommt so selten vor, dass ich ausbreche, dass ein Ausbruch von mir es nie versäumt, die Luft von einem unwillkommenen Thema zu befreien.

Unsere Jungs sind nach dem Prinzip „Jeder für sich" aufgewachsen, und wenn es um den Kampf um die Lieblingsecke auf dem Sofa, das Lieblingsspiel oder das Lieblingsbilderbuch ging, war „Mamie" mit von der Partie jedes Mal voll davon.

„Was können Sie sonst noch erwarten?" sagte ich tröstend zu Belle. „Seit sie denken kann, kämpft sie auf eigene Faust gegen die Welt, und unser Haus stellt für sie nur eine Abwechslung zum Schlachtfeld dar."

„Ich glaube, ihr Vater muss ein Gentleman gewesen sein."

„Er hatte sicherlich eine Gentleman-Besonderheit."

„Sei kein Unmensch, Dave. Ich meine, Marys Vorfahren müssen wohlhabende Leute gewesen sein, sie hat so eine Vorliebe für Luxus."

„Das folgt nicht. Ich bin sicher, Sie haben viele arme Leute gesehen, die auf das Lebensnotwendige verzichten, um an den Luxus zu kommen."

„Sie ist ziemlich schlapp. Heute habe ich sie in einen Laden mitgenommen, um ihr ein paar Strümpfe zu kaufen, und sie weigerte sich, etwas anderes als die allerbeste Qualität zu haben. ‚Die zweitbesten sind die, die ich für mich selbst bekomme, Mary‘, sagte ich; „Sie tragen viel länger als die anderen." „Das ist mir egal", sagte sie. „Wenn ich nicht das Beste haben kann, will ich auch keins." „Dann verzichten Sie", sagte ich, und wir verließen den Ort. Das Lustige daran ist, dass sie nicht einmal ihre alten stopft! Ich kann nicht immer so streng zu ihr sein. Ich wundere mich manchmal über mich selbst, die Dinge, die sie aus mir herausholt. Was glaubst du, will sie jetzt?"

Ich hustete warnend, um zu signalisieren, dass meine Mutter ins Kinderzimmer gekommen war, aber Belle blickte geradeaus in das Holzfeuer und wippte auf der Rattanschaukel – eine melodische Symphonie in einem malvenfarbenen Teekleid.

„Ein Kornett, bitte."

„Ein Kornett!" sagte ich. „Was hat ihr das in den Kopf gesetzt?"

„Ich kann es nicht sagen. Sie sagt, der Musikprofessor im Kloster könne ihr das Spielen beibringen, und sie denkt, wenn sie es lernen würde, könnte sie vielleicht damit in der Lage sein, den Gesang in einer Kirche zu leiten."

„Vielleicht hat jemand in der Konzertgesellschaft, in der sie war, Kornett gespielt."

„ Nein, nein. Das ist schon fast so ", warf Mutter ein. „Sie hat eine Ahnung davon . " cratur's 'at pl'y an der Opera Hoose. Ich habe ihre Bande mit ihm am Fenster gesehen und Watty angestarrt , wer er war .

„Ich mag es nicht, wenn Wat Geschichten über Maria erzählt."

„Er hat es nicht getan , Davvit , bis ich es auf ihn abgesehen habe. Er kann den Tawpie nicht ertragen , und er mag es nicht , wenn sie angemalt wird ." oot wie seine Schwester. Ein Körper kann dem Jungen nicht die Schuld geben . Es ist um Längen besser als seine Liebe zu ihr .

„Vielleicht ist es das", stöhnte Isabel.

Als Mutter zu Bett gegangen war, sagte meine Frau:

„Mrs. Wade war heute hier, um Watty und Mary zu einem Tanz für junge Leute am Freitagabend einzuladen."

"Was hast du gesagt?"

„Ich habe ihr gesagt, dass ich das Mädchen nicht verkleiden und auf Partys schicken würde, damit sie von den anderen Mädchen beschimpft und beleidigt wird, da sie auf dem Ball der Tanzschule war. Sie sagte, wenn ich Mary gehen ließe, würde sie es tun Sehen Sie, dass sie eine gute Zeit hatte.

Sie ihrerseits bewunderte die Art und Weise, wie ich mich trotz allem für das Mädchen eingesetzt hatte; und wenn sie gut genug wäre, als Tochter bei uns zu leben, würde das sicherlich niemanden anstecken um sie an einem Abend kennenzulernen.

Samstagabend erkundigte ich mich bei Belle, wie es Mary auf der Party ergangen sei.

„Erstklassig. Mrs. Wade traf sie an der Tür des Wohnzimmers und küsste sie. ‚Wie du gewachsen bist, Mary!‘ sagte sie, und dann führte sie sie herum und stellte sie allen Mädchen im Raum vor, einschließlich einiger von denen, die sie rechts und links beschnitten haben, sowie jedem Jungen, den sie noch nicht kannte. Natürlich sie tanzte jeden Tanz und hatte jede Menge Spaß.“

„Und natürlich hat sie das alles auf ihre eigenen überlegenen Reize zurückgeführt?“

„Ganz genau. Heute Morgen wollte sie mir nicht beim Bettenmachen helfen!“

Marys Weihnachtsgeschenk war ein wunderschönes versilbertes Kornett, und natürlich musste sie lernen, es zu spielen, wenn sie ins Kloster zurückkehrte. Kurz darauf kam die Nachricht, dass der dort beschäftigte Musiklehrer sich nicht verpflichten könne, ihr das Spielen des Instruments beizubringen, dass aber ein „Professor“ dafür gesorgt werden könne, dass er zweimal in der Woche aus Detroit fahre – falls gewünscht. Wir schienen darauf vorbereitet zu sein, also war der Unterricht ersehnt, und wir trösteten uns mit der Gewissheit, dass Mary, wenn sie sich nicht als erstklassige Rezitatorin herausstellen würde, sich mit Sicherheit als erstklassige Kornettistin erweisen würde. Ihr ungewöhnliches Talent würde meiner Frau ihren ungewöhnlichen Schritt rechtfertigen, und die Gesellschaft von Lake City würde ihr den Versuch verzeihen, das Mädchen als Gleichberechtigte in ihre Mitte zu drängen. Viele unserer Bekannten schienen Mutters Ansicht über den Fall zu teilen – „Materie, die nicht am richtigen Platz ist, wird *schmutzig*!“ –, und Belle musste sich alle Mühe geben, die Mehrheit davon zu überzeugen, dass sie genau das Richtige getan hatte, indem sie Menschen auf diese Weise herabgestuft hatte . Menschen herabwürdigen ? In einer freien Republik!

Wir erhielten begeisterte Berichte über den Kornettunterricht.

"Liebes Mädchen!" sagte Belle begeistert. „Sie muss das echte künstlerische Temperament haben, um so entschlossen zu sein, sich in der einen oder anderen Kunst hervorzutun.“

„Sie ist auf jeden Fall dramatisch“, sagte ich, und im Frühjahr wurde ich in meiner Meinung bestätigt, als das Kornett und irgendetwas anderes die vielseitige Mary scheinbar in Mitleidenschaft gezogen hatte. Sie schrieb, dass sie ernsthaft darüber nachgedacht habe, den Schleier zu tragen.

„Bah!" sagte ich; „Was hat sie jetzt vor? Sie will uns zu etwas einschüchtern."

Belle schrieb privat an die Oberin und teilte ihr mit, dass sie keinerlei Einwände gegen ihren Beitritt hätte, wenn sie der Meinung sei, dass Mary eine wünschenswerte Ergänzung für ihre Reihen sei.

Die gute Schwester antwortete, dass Miss Gemmell nicht das Geringste von dem Zeug habe, aus dem Nonnen seien, und dass ihre Neigungen alle in eine weltliche Richtung gingen.

„Keine Hoffnung in diesem Viertel!" Ich lachte, aber Belle tadelte mich, weil ich mich in ihrer Abwesenheit über Mary lustig gemacht hatte.

Als „Miss Mamie Gemmell" den Sommer über zu uns nach Interlaken kam, hielten sich ihre Klostermanieren etwa zwei Wochen lang und wichen dann denen einer verwöhnten und verwöhnten Tochter des Hauses.

Wir in Amerika sind an Respektlosigkeit und Eigensinn bei unseren eigenen Kindern gewöhnt, aber die gleiche Einstellung bei einem kleinen Niemand aus dem Nichts zu bemerken, den wir aus Nächstenliebe aufgenommen haben, versetzt einen Mann oder eine Frau in Fassungslosigkeit.

„Ich glaube nicht, dass sie sich im Geringsten um mich kümmert", sagte Belle manchmal, „aber ich muss gestehen, dass ich sie lieber mag als die kriecherische, kriecherische Sorte. Sie ist in ihren unverschämten Forderungen unverblümt."

Nach einer sehr heißen Juliwoche nahm ich am Samstagnachmittag freudig den Zug für die fünf Meilen lange Fahrt nach Interlaken und schlief in dieser Nacht ein, während meine Ohren vom Rauschen der Wellen und Pinien erfüllt waren; Mein Herz erfüllte sich mit der Befriedigung, zu wissen, dass ich einen ganzen runden Tag vor mir hatte – einen Sonnenaufgang und einen Sonnenuntergang an beiden Enden.

Den Sonnenaufgangsteil des Programms habe ich ausgelassen , aber zwischen zehn und elf war ich bereit für einen Spaziergang den Pier hinunter, um die Badegäste zu beobachten. Amerikanische Frauen sind selten dick genug, um das Ausziehen eines Badeanzugs auszuhalten. Sie gehen bis zum Äußersten – sie werden zwar sehr dick oder auch sehr dünn, aber im Mädchenalter tendiert sie zur übermäßigen Schlankheit.

Ich dachte darüber nach, was für einen Kontrast unsere Sommermädchen zu einer Gruppe schottischer Mädels darstellen würden, obwohl ich natürlich nie das Privileg hatte, eine dieser letzteren im Badekleid zu sehen, als eine wohlrunde Erscheinung in himmelblauem Glanz und … Aus einem der entkleideten Häuser tauchte keine Badekappe auf. Dieses Mädchen machte sich mutig auf den Weg zum Pier, anstatt wie die anderen am Rand des Sandes herumzuplanschen, und als sie sich dem Ende näherte, rannte sie und dann einen schönen Kopfball ins tiefblaue Wasser.

Sie war zu schnell an mir vorbeigegangen, um erkannt zu werden, aber als ihr Gesicht über der Oberfläche auftauchte , sah ich, dass es niemand anderem als unserer Adoptivtochter gehörte, denn als solche war ich im Moment froh, sie zu besitzen. Sie schüttelte sich das Wasser aus den Ohren, drehte ihre Haarsträhne noch einmal, strich die Locken zurück, die ihre Augen bedrohten, und fühlte sich so wohl, als ob unter ihr achtzehn Fuß Land statt achtzehn Fuß Wasser wären .

Am Ende des Kais schwammen mehrere junge Männer herum und erklärten voller Begeisterung, dass für „Miss Gemmell" sofort ein Sprungbrett errichtet werden müsse. Ich lehnte es ab, beim Brechen des Sabbats wegen solcher Streiche mitzuhelfen, aber ein paar spärlich bekleidete, triefnasse Jugendliche tauchten aus der Tiefe auf und schafften es, ein schweres, acht Zentimeter langes Brett vom Boden des Kais zu lösen. Dies wurde weit über das Wasser hinaus projiziert, und die schöne Maria wurde veranlasst, aufzusteigen und von dort aus zu zeigen. Ich stimmte überhaupt nicht zu, hielt es aber für meine Pflicht, als Anstandsdame zu bleiben, bis Belle und eine andere Dame eintrafen, die ich gemächlich den Pier verlassen sah.

Die jungen Männer sprangen zurück ins Wasser, um dem Empfangskomitee beizutreten, und Mary schwankte am anderen Ende der Planke. Man hörte ein lautes, suggestives *Knacken* , und sie sprang in einem höchst anmutigen Halbkreis in die Luft, bevor sie das Wasser berührte; Aber dieses schreckliche Brett erhob sich in dem Moment, in dem es von seinem Gewicht befreit wurde, direkt in die Luft, warf mich fast vom Kai und glitt mit einem Ächzen durch die Öffnung, aus der es gehoben worden war, in die Tiefe darunter.

Belle eilte mir zu Hilfe, während die andere Frau still stand und schrie.

„Niemand hat wehgetan!" rief aus dem Wasser ein gutaussehender Junge, der neben Mary schwamm und sie offenbar zu weiteren Heldentaten herausforderte.

„Wer ist der junge Mann?" Ich fragte meine Frau, da ich bereit war, das Thema von meiner eigenen knappen Flucht zu wechseln.

„Du meinst den mit dem Burne-Jones-Kopf und den schläfrigen blauen Augen, der die ganze Zeit bei Mary ist? Sein Name ist Flaker und er ist ein Medizinstudent aus Chicago. Das ist alles, was ich über ihn weiß." Aber als wir an diesem Abend auf der Hotelveranda saßen, war es ihr bestimmt, noch mehr zu hören, von zwei alten Damen hinter dem offenen Fenster und der geschlossenen Jalousie.

„Ist es nicht skandalös", sagte einer, „wie Mrs. Gemmell jedes Mal versucht, dieses Mädchen nach vorne zu drängen?"

„Ja", sagte der andere. „Die alte Freundschaft zwischen ihr und Mrs. Martin ist völlig zerbrochen, da sie letzten Sommer so sehr versucht hat, Lincoln Todd mit ihr zu verwickeln, und jetzt tut sie ihr Bestes, um den jungen Flaker zu fangen."

„Ich glaube nicht, dass er eine Ahnung hat, wer das Mädchen ist oder besser gesagt, wer sie nicht ist."

„Nein, in der Tat, und seinen Leuten wäre es in bester Verfassung, wenn sie wüssten, welche Art von Gesellschaft er pflegt."

"Wer sind Sie?"

„Wissen Sie nicht? Sein Vater ist Dr. Flaker, der dieses schöne Herrenhaus am Grand Boulevard besitzt, und seine Mutter gehört zu einer der besten New Yorker Familien. Sie sind alle so stolz wie Luzifer."

„Ich denke, es ist Zeit, dass wir nach Hause gehen, David. Die Zuhörer hören nie etwas Gutes von sich", sagte Belle laut genug, um die Aufmerksamkeit der beiden Damen auf sich zu ziehen.

Als ich über das vertrocknete, mondbeschienene Gras zu unserem Cottage ging, drohte ich, zurückzugehen und ihnen meine Meinung zu sagen, aber meine Frau sagte:

„Vielleicht brauchte ich eine kleine Erinnerung. Ich habe Marys Vorgängen in diesem Sommer nicht viel Aufmerksamkeit geschenkt. Ich muss bei erster Gelegenheit mit Mr. Flaker sprechen."

Die Gelegenheit bot sich, bevor der Abend zu Ende war, als ich in meiner Haustierhängematte um die Ecke des Cottages saß und Belle in einem Schaukelstuhl vorne saß.

„Guten Abend, Mr. Flaker", hörte ich sie sagen. „Ich glaube nicht, dass Sie jemals das Innere unseres Cottages gesehen haben. Wollen Sie nicht einen Moment hineingehen, jetzt, wo es erleuchtet ist?"

Der Augenblick befriedigte ihn, denn er kehrte schnell auf die Veranda zurück.

„Ich habe noch nie eine so schöne Schwimmerin wie Miss Gemmell gesehen", sagte die männliche Stimme und Belle antwortete eindrucksvoll:

„Ich glaube, Sie wissen nicht, Mr. Flaker, dass die junge Dame, die Sie Miss Gemmell nennen, nicht meine eigene Tochter ist.“

„Ist sie Ihr Stiefkind oder die Nichte Ihres Mannes?“

„Weder noch. Sie ist überhaupt keine Verwandte – nur ein armes Mädchen, das ich zur Erziehung übernommen habe. Sie kann kaum lesen oder schreiben. Ich hatte das Gefühl, dass ich Ihnen das sagen sollte, weil Sie ihr viel Aufmerksamkeit geschenkt haben.“ "

„In der Tat, Frau Gemmell, ich bewundere Miss Gemmell sehr; aber ich versichere Ihnen, dass ich sie nie für etwas anderes als eine angenehme Sommerbekanntschaft gehalten habe.“

Und Maria wurde sofort fallen gelassen.

KAPITEL V.

DEN 1892/93 verbrachte Mary zu Hause bei uns. Ihr erster geäußerter Wunsch, als die Familie aus Interlaken zurückkehrte, bestand darin, bestätigt zu werden, und der Pfarrer Herr Armstrong der Kirche, die wir nicht besuchen, wurde ordnungsgemäß benachrichtigt.

„Er sagt, ich muss zuerst getauft werden", sagte Mary. „Würde es Ihnen etwas ausmachen, wenn er mich ‚Mary Gemmell' nennen würde? Es gibt keinen Namen, auf den ich ein Recht habe, und ich möchte nicht ‚Mason' genannt werden, denn das ist der Name der Frau, die mich missbraucht hat, als ich war klein. Ich hätte lieber deines."

Sie war eine so erbärmlich aussehende junge Person, die in ihrer frischen und unschuldigen Schönheit vor Belle stand, dass meine Frau es nicht übers Herz brachte, ihr etwas zu verweigern.

Als ich am selben Abend nach Hause kam, befand sich vor dem Kaminfeuer ein *Tableau vivant*. In Weiß gekleidet, saß Mary auf einem niedrigen Hocker zu Füßen von Rev. Walter Armstrong, die Hände im Schoß gefaltet, und blickte in das glattrasierte Gesicht des Geistlichen, mit dem, was als ihre Seele galt, in ihren Augen. Trotz seines steifen Rundkragens und des langen schwarzen Mantels ist der Pfarrer ein junger Mann, und ich sah, dass er beeindruckt war.

„Du verstehst, Maria", sagte er zärtlich, „dass du, wenn du in die Kirche aufgenommen wirst, Gott zum Vater und Christus zum älteren Bruder hast?"

„Ja, ich verstehe, Herr Armstrong", antwortete das Mädchen ernst. „Und das ist genau das, was ich immer wollte – ‚Leute' zu haben . "

Ich zog mich eilig ins Esszimmer zurück, wo Isabel gerade mit einem neuen Plan beschäftigt war.

„Die Haushaltsführung empfand ich schon immer als lästig, und das wird von Jahr zu Jahr schwieriger, je mehr ich in die Zukunft blicke. Ich möchte mit der Zeit Schritt halten, aber ich habe nie Zeit zum Lesen, und unsere vier Ältesten scheinen Jungen zu sein." Ich werde jahrelang keine Hoffnung mehr haben, jemanden zu haben, der mich ablöst.

„Mary ist ein Geschenk des Himmels", sagte ich.

„Ich wünschte, du würdest das wirklich so denken, wie ich es tue. Sie ist schnell und anpassungsfähig, und ich werde ihr ein wöchentliches Taschengeld geben und sie dafür den Haushalt führen lassen."

„Was ist mit ihren Leistungen – der Redekunst und dem Kornett?"

„Sie können in der Zwischenzeit stehen. Weißt du, Davie", zögernd, „ich fange an zu befürchten, dass sie kein gutes Ohr für Musik hat."

"Warum?"

„Neulich Abend, als die Mortons da waren, saß sie die ganze Zeit, während Eva spielte, da und redete mit Frank Wade."

„Das ist nichts. Alle anderen haben das Gleiche getan."

„Aber für ein Mädchen, das versucht, sich als Kornettistin auszugeben, und das denkt, dass sie damit ihren Lebensunterhalt damit verdienen könnte, einen Kirchenchor zu leiten, ist das gelinde gesagt eine schlechte Politik."

„Verdiene ihren Lebensunterhalt! Ich fragte Joe Mitchell, als er ihr im Sommerhaus beim Üben zuhörte, was er von ihrem Spiel halte, und er sagte, sie sollte lieber bei einer Penny Whistle bleiben."

„Sehr unhöflich von ihm!"

„Nein, das war es nicht. Ich habe ihn direkt gefragt, ob es gerechtfertigt wäre, für die zusätzlichen Unterrichtsstunden zu bezahlen, die sie möchte, und er sagte entschieden, dass ich das nicht tun sollte."

„Nun", sagte Belle müde, „wir versuchen es mit der Haushaltsführung. Das ist nach orthodoxer Auffassung die wahre Berufung einer Frau. Ich hätte mein Herz nicht darauf setzen sollen, dass Mary etwas Außergewöhnliches wird. Wenn sie es nur wäre." halbwegs anständig, und hilf mir bei der Hausarbeit, ich werde mehr als zufrieden sein.

Das Gefühl der Macht verlieh Marys schönem Gesicht neuen Glanz, und ihr Schritt durch das Haus war in den nächsten ein oder zwei Wochen nur ein leichter Schritt, doch die Jungen rebellierten ihrerseits.

„ *Mama* ! Mary hat die Speisekammer abgeschlossen. Müssen wir zu ihr gehen, um den Schlüssel zu holen, wann immer wir etwas wollen?"

„Ich nenne es eine gemeine Schande!" von Joe.

"Was hast du gemacht?"

nichts gemacht , nur den Kuchen aufgegessen, den sie zum Nachtisch gedacht hatte. Ich bin sicher, Margaret hätte nichts dagegen, noch einen zu backen ."

„Mary hat völlig recht, Jungs; ich habe euch zu sehr verwöhnt."

Dann war es Watty, der sich beschwerte:

„Mary sagt, sie will nicht, dass wir den Salon aufräumen, nachdem sie ihn aufgeräumt hat, und dass wir unsere Stiefel wechseln müssen, wenn wir ins Haus kommen." Oder Chrissie:

„Mary sagt, ich bin jetzt groß genug, um mein eigenes Zimmer in Ordnung zu halten, und sie wird es nicht mehr tun . Sie ist eine schlimme Oma!"

Zu ihrer Großmutter gingen sie mit ihrem Kummer, als sie ihre Mutter so unerklärlich verstockt vorfanden, doch viel Trost fanden sie dort nicht. So sehr sie Maria auch verabscheuen mag, meine arme Mutter ist den Mächtigen immer treu und sagte zu den Kindern:

„Deine Mutter weiß genau, was sie vorhat , und das brauchst du nicht ." modisch Du Heiden Komm und weine zu mir .

Sie ging sogar so weit, Mary in ihrem Vorschlag zu unterstützen, dass die Jungen essen sollten, was ihnen serviert wurde, und keine Fragen stellen sollten.

„Das ist der Grund Dein Gläubiger war gebrochen . Wenn er morgens nicht mit seinem Frühstück fertig war , wurden sie um Mitternacht noch einmal für ihn aufgewärmt . Ihr nehmt es nur mit einem Spinfu , ihr könntet es kaum parritchen, denn sie sind Blödsinn puzhioned mit Zucker."

Mary war von Natur aus nicht besonders kinderlieb, und da sie als Erwachsener in unsere Familie eingetreten war, fiel es ihr schwer, die Launen unserer Sechs zu ertragen, da es keine Grundlage schwesterlicher Liebe gab, auf der man Toleranz aufbauen konnte.

Belles Hauswirtschaft war schon immer großzügig gewesen. Sie bestellte ihre Lebensmittel im Großhandel, und als sie fertig waren, erkundigte sie sich nie, was aus ihnen geworden sei.

„Ich lehne es ab, ins Detail zu gehen – das Leben ist zu kurz! Ich weiß nicht, wo meine Geduld endet und meine Faulheit beginnt, aber ich möchte lieber betrogen werden, als Dinge wegzusperren oder zu versuchen, den Überblick darüber zu behalten, was Margaret verschwendet. Sie ist es." kein idealer ‚General', aber nur einer von hundert würde es ertragen, dass die Kinder so viel in der Küche herumwerkeln."

Nach dem alten Brauch neuer Besen unternahm Maria den kühnen Versuch, jeden Ausgabenposten aufzuzeichnen, und bestellte von Tag zu Tag, was sie brauchte; Aber den Appetit von vier heranwachsenden Jungen ließ sich nicht berechnen, besonders wenn sie, wie Mary bestätigte, manchmal zu viel aßen, nur um sie zu ärgern.

„Wir leben von der Hand in den Mund, *Papa* ", sagten sie, wenn eine ungewohnte Knappheit eintrat.

Um ehrlich zu sein, begann ich mit meinen empörten Söhnen zu sympathisieren, als ich eines Tages einen alten Freund zum Abendessen mit nach Hause brachte und unserer „Haushälterin" die Tatsache mitteilte.

„Ich wünschte nur, Bob Mansell würde nicht so oft hierherkommen, wenn er nicht erwartet wird. Es gibt nur genug Pudding für uns selbst."

„Mary", sagte ich streng, „Mr. Mansell ist schon in dieses Haus gekommen, bevor Sie hier waren, und er wird auch weiterhin kommen, nachdem Sie gegangen sind, wenn Sie nicht aufpassen."

Es war das erste Mal, dass ich scharf zu ihr sprach, und ich schmeichelte mir, etwas Gutes getan zu haben, obwohl sie erhobenen Hauptes den Raum verließ.

Belle kam zu dem Schluss, dass das Haushaltssystem nicht reibungslos funktionierte, und übernahm wieder die Leitung der Regierung. Maria sollte immer noch die Arbeit einer zweiten Magd übernehmen, aber es war offensichtlich, dass sie nicht mit dem Herzen dabei war.

„Was will Mary jetzt?" Ich fragte meine Frau, als sie ihren gewohnten Platz neben mir einnahm, während ich mit meiner Pfeife auf dem Sofa lag.

„Sie glaubt, dass sie gerne die Boston School of Oratory besuchen würde, um sich auf die Tätigkeit als öffentliche Vorleserin vorzubereiten."

„Ist es notwendig, dass sie auf die eine oder andere Weise vor der Öffentlichkeit auftritt?"

„Privat scheint sie keinen großen Erfolg zu haben."

„In dieser Hinsicht ist sie nicht schlechter als die Hälfte der Mädchen in der Stadt. Keine von ihnen kümmert sich um die Hausarbeit."

„Aber wenn man bedenkt, dass dieses Mädchen keinen irdischen Anspruch auf uns hat, könnte man meinen, dass sie vielleicht anders ist."

„Sei nicht böse, Belle, wenn ich das sage, aber das hast du nur dir selbst zu verdanken. Du warst sehr darauf bedacht, dass Mary wie eine von uns sein sollte – dass sie nicht das Gefühl haben sollte, dass sie Almosen annahm, und das ist dir nur zu gut gelungen. Das Mädchen nimmt alles, was du für sie tust, als ihr Recht und verlangt mehr."

„Nun, was ist mit Boston?"

„Ich halte es für maßlose Torheit, sie dorthin zu schicken. Woher wissen wir, dass sie mehr Talent für Sprache als für Musik hat?"

„Sie hat den Wunsch zu lernen. Ich nehme an, das ist ein Zeichen ihrer Fähigkeit."

„Sie hat ein starkes Verlangen nach Bewunderung, das ist ungefähr so groß. Im Mittelpunkt aller Augen zu stehen und in einem Salon eine Rezitation zu halten, macht ihr bis ins Mark Freude, aber daraus folgt nicht, dass sie eine wäre." Beruflich erfolgreich sein.

„Ich wage zu behaupten, dass wir gerade so viel für ihre Ausbildung ausgegeben haben, wie Sie vorhaben."

„Das haben wir tatsächlich!"

Meine Frau und ich sind bei allen gesellschaftlichen Veranstaltungen unserer Stadt sehr gefragt, und obwohl ich sie unter Protest begleite, gestehe ich, dass es mir genauso viel Spaß macht wie jedem anderen, bei „Pedro" mitzuwirken, sobald die Angelegenheit in vollem Gange ist. oder ein Tanz.

Die Häuser unserer Stadt sind größtenteils aus Holz und größtenteils neu, denn ein jährlicher Flächenbrand sorgt dafür, dass der Bau zügig voranschreitet. Hartholzböden und Kaminsimse sind an der Tagesordnung, und wenn einige unserer Holzfäller und ihre Frauen die englische Grammatik im Einklang mit ihren Pferden, ihren Robbenfellen und ihren Diamanten nicht beherrschen, werden sie herzlicher als auf Englisch willkommen geheißen – außer , natürlich für Gäste mit solch fragwürdigen Vorfahren wie unserer Maria.

Mrs. David Gemmell ist eine kluge und geistreiche Frau, aber wer sollte das nicht sagen? Aber warum sollte ich nicht? Sie hat ihren Verstand nicht von mir geerbt. Mrs. David Gemmell machte den führenden Damen der Stadt klar, dass wir selbst fernblieben, wenn Mary nicht zu allem, was vor sich ging, eingeladen wurde. Ohne Isabel konnte die Gesellschaft in Lake City nicht weitergehen, also wurde der „weiße Elefant" in ihrem Zug aufgenommen, und sie hat uns wirklich Ehre gemacht, wenn auch nirgendwo anders. Sie war immer stilvoll gekleidet und ihr Tanz war für immer eine Freude. Wir wunderten uns nicht, als Will Axworthy, der angesehenste junge Mann überhaupt, auf die Idee kam, unseren unwissenden Bürgern das Deutsch vorzustellen, und dass er Mary als seine Partnerin wählte, um es mit ihm zu führen. Sie hatte Privatunterricht bei ihm selbst und beim Tanzmeister, und Belle und ich waren stolz und glücklich, an der Seite des Ballsaals zu sitzen und zuzusehen, wie sie die Figuren durchging und ihr mit der ganzen Anmut und Würde einer Person ihre Gunst erwies der vierhundert.

„Sie wird morgen nach Boston gehen, wenn sie will", sagte ich, aber dieses Mal lehnte Belle ab.

„Ich denke, sie wird diesen Winter hier wahrscheinlich eine gute Zeit haben, und wir können ihr genauso gut ihre Affäre überlassen."

Die Prophezeiung wurde erfüllt. Trotz der äußersten Eifersucht der anderen Mädchen, die nicht genug Böses über sie sagen konnten, geriet Mary bei den jungen Männern in Aufruhr.

Eines Sonntagnachmittags rief Will Axworthy an. Er ist klein und breit, hat rötliches Haar und eine chronische Röte, die im Ward McAllister von Lake City kaum zu finden ist. Zu nervös setzte er sich in meine verspielte Frühlingswippe und präsentierte deshalb unfreiwillig der versammelten Familie die Sohlen seiner Stiefel, während sein Kopf gegen die Wand stieß, zur großen Freude unserer Jungs!

Unbeeindruckt von diesem ungünstigen Anfang kam er am nächsten Sonntag wieder, rauchte meine besten Zigarren und redete über Holz, das einzige Thema, zu dem er gehört, denn er war der Manager einer Mühle hier.

Er blieb an diesem Abend zum Abendessen und ging anschließend mit Maria in die Kirche. Dann rief er sie am ersten hellen Tag mit einem Kutter zu sich und nahm sie mit auf eine Schlittenfahrt. Die Embryofalte verließ Belles Stirn.

„Glaubst du wirklich, dass er etwas bedeutet?" sagte sie.

„Sei nicht zu optimistisch. Heutzutage schenken junge Männer einem Mädchen viel Aufmerksamkeit und haben nichts anderes im Kopf als Spaß."

„Trotzdem ist Axworthy kein Junge. Er ist mindestens dreißig, hat ein gutes Gehalt und kann es sich leisten zu heiraten, wann immer ihm danach ist."

„Lasst uns hoffen und beten, dass es ihn bald schafft!"

"Amen!" sagte Belle feierlich.

Die täglichen Reibereien mit ihrem *Schützling* wurden selbst für die gutmütige Geduld meiner besseren Hälfte zu viel. Großzügigen Impulsen Folge zu leisten ist in Ordnung, aber sie müssen durch ein hohes Maß an Ausdauer und Toleranz gestützt werden, um mit den Ergebnissen erfolgreich umgehen zu können.

Von meinem Aussichtspunkt auf dem Sofa im Kinderzimmer, hinter meinem Zeitungsschirm, höre ich oft mehr, als die Familie vermutet.

„Mary, du gehst heute Abend nicht auf die Eisbahn!" in Belles flehendstem Ton.

„Ja, mawm , das bin ich. Leih mir deinen Schraubenschlüssel, Watty."

„Mary, ich verbiete dir kategorisch, auf die Eisbahn zu gehen!"

„Nun, ich denke, das ist einfach zu gemein für alles. Jedes Mädchen in der Stadt geht hin."

„Nicht jedes Mädchen in der Stadt läuft mit einem Friseur, einem Musikkapellmeister oder irgendjemandem, der vorbeikommt, Schlittschuh, so wie du.“

„Watty hat es erzählt!“

„Watty hat es nicht verraten!“ brach unser ältester Sohn in empörtem Protest ein, den er noch verstärkte, indem er hinausging und die Tür hinter sich zuknallte.

„Und, Mary“, fuhr Belle fort, „sind Sie mit Mr. Axworthy verlobt?“

"NEIN!" mürrisch.

„Dann würde ich an deiner Stelle nicht zulassen, dass er mich küsst, wenn er an der Tür ‚Gute Nacht‘ sagt, nachdem er dich von einer Party nach Hause gebracht hat.“

„Du bist altmodisch. Alle Mädchen machen das!“

„Keine *Dame* würde einem Mann erlauben, sich eine solche Freiheit zu nehmen. Sie verderben Ihre Chancen bei Mr. Axworthy, das kann ich Ihnen sagen. Ich habe noch nie einen Mann gekannt, der sich an ein Mädchen binden würde, wenn er alle Privilegien genießen könnte ein engagierter Mann, der keinerlei Verantwortung trägt.“

„Er ist mir völlig egal. Ich will ihn nicht heiraten. Er macht mir einfach nur Spaß.“

Eine gute Zeit, die er ihr zweifellos den ganzen Winter über bescherte. Zu den schicksten Bällen und Partys begleitete er sie, und sie trug immer die Rosen, die er nie versäumte, ihr zu schicken. Jeden Sonntag kam er gegen Einbruch der Dunkelheit zu uns nach Hause, und als Märtyrer für einen guten Zweck verließen Isabel, meine Mutter und ich das gemütliche Wohnzimmer mit seinen Sesseln und dem lodernden Feuer für das Kinderzimmer – an diesem Tag war es immer voller Kinderlärm.

„Ich frage mich, worüber die beiden reden können“, spekulierte Belle. „Mary führt überhaupt keine Gespräche und Axworthy auch nicht viel mehr.“

Kleid erscheinen, das ich dir für die fünfzig Dollar gegeben habe? Ich habe das malvenfarbene Teekleid ganz schön satt.“

Meine Frau warf einen Blick über die Schulter, um sicherzustellen, dass Oma außer Hörweite war.

„Die Wahrheit ist, Dave, ich dachte, ich muss abwarten, wie viel davon mir noch übrig bleibt, nachdem ich Mary für den Tanz der Robinsons hergerichtet habe. Sie geht so oft aus, dass sie ihr Abendkleid wechseln muss.“

„Hat sie darum gebeten?“

„Nicht direkt, aber sie bemerkte, dass sie nicht sah, was ich mit einer neuen schwarzen Seide wollte, dass ich viele Klamotten hatte und dass sie in meinem Alter nicht glaubte, sie würde sich darum kümmern, was sie tun musste . “ tragen."

Ich sprang vom Sofa auf und bereitete mich darauf vor, Mary mit Hals und Nacken aus dem Haus zu stoßen, aber Belles Lachen beruhigte mich.

„Ihre Frechheit ist so groß, dass sie vom Lächerlichen zum Erhabenen übergeht!“

„Warum erträgst du das, Belle? Das würdest du von keinem anderen tun.“

„Ich kann ihr zu diesem Zeitpunkt kaum noch etwas vormachen und sie ihren Geschäften nachgehen. Sie ist schlau genug, das zu wissen.“

„Die Leute würden lachen; das ist so!“

„Außerdem, wenn sie Axworthy heiratet, wird sie hier in dieser Stadt sozial ebenbürtig für uns sein, und es darf niemals in ihrer Macht stehen zu sagen, dass wir sie nicht gut behandelt haben.“

„Wie sind die Aussichten bei Axworthy?“

„Gut, denke ich. Er ist überaus freundlich zu ihr, und er hat mir viele Hinweise auf den Zustand seiner Zuneigung gegeben, hofft, dass Mary bis zum nächsten Winter jemand anderen haben wird, der sich um sie kümmert, und so weiter. Er ist es immer.“ Sie achtet besonders darauf, dass sie gut eingepackt ist, und das ist äußerst notwendig, denn sie ist äußerst nachlässig, wenn es darum geht, wie sie ausgeht. Trotz einer gewissen körperlichen Stärke ist sie kein bisschen stark und hat kein Durchhaltevermögen ."

„Es wird Axworthy nicht viel Spaß machen, eine zarte Frau zu haben.“

„Nun, ich schätze, er braucht etwas Disziplin, genauso wie ich. Ich habe in den letzten drei Jahren meinen Teil von Miss Mary bekommen, und ich bin durchaus bereit, jemand anderem das Spiel zu überlassen. Er lässt sich darauf ein. “ Ding mit offenen Augen. Er kennt ihre Geschichte.

„Aber kennt er ihre Veranlagung?“

„Lassen Sie ihn das herausfinden – wenn er kann. Die meisten Mütter halten es nicht für nötig, den Verehrern ihrer Töchter zu sagen, wie die Mädchen mit ihnen im Haus zurechtkommen.“

„Du sagst, sie hat keine Konstitution. Angenommen, er heiratet sie, wie wäre es dann mit den möglichen Kindern? Was haben sie getan, dass sie Maria zur Mutter bekommen?“

„Das ist genau die richtige Art, es auszudrücken: Was haben sie getan? Wir wissen es nicht, aber sie müssen letztes Mal weit vom Weg abgekommen sein, wenn sie in dieser Inkarnation einen so schlechten Start hatten.“

Will Axworthy verließ die Stadt im Frühjahr. Der Holzeinschlag erfolgte in unserem Teil von Michigan und er musste ihm weiter nach Süden folgen. Er und Mary korrespondierten, denn ich ertappte Belle dabei, wie sie einen ihrer Briefe korrigierte.

„Finden Sie das fair gegenüber Axworthy? Wenn sie sich verloben, wird der erste unbearbeitete Brief, den er von Mary erhält, eine große Überraschung für ihn sein.“

„Kümmere dich nicht um deinen alten Kopf, Dave! Ich leite dieses Ding! Er verabredet sich mit uns in Chicago und hofft, das Vergnügen zu haben, Mary die Columbian Exhibition zu zeigen. Während wir dort sind, wird sicher etwas passieren.“ !"

KAPITEL VI.

DEN Winter über haben wir über die Messe gesprochen, uns über die Messe informiert und Pläne für die Messe geschmiedet ; und Belle erklärte, selbst wenn sie die Messe nie gesehen hätte , wäre sie aufgrund der Menge an vorbereitenden Informationen, die sie gesammelt hatte, froh darüber, dass es so gewesen wäre.

Ende Juni stiegen wir endlich aus, wir alle, natürlich auch Mary – meine erste Reiseerfahrung in ihrer Begleitung. Wir fuhren mit dem Boot nach Chicago – eine Nachtüberfahrt – und selten hatte ich einen sicheren Liegeplatz für die Familie im überfüllten Propeller. Ich war dankbar für eine „Erweiterung", eine Art Muschel, die zwischen zwei Kabinen verläuft und durch Vorhänge und Stangen abgetrennt ist. Die Jungen mussten auf Sofas, auf dem Boden oder irgendwo schlafen, was für sie erst der Anfang des Spaßes war.

Als die erste meiner Herkulesarbeiten zu Ende war, genoss ich achtern in der Kühle des Abends meinen Rauch, als Belle zu mir zurückkam, ihre Stirn zu etwas hochgezogen, das ich die „Mary-Falte" nannte.

„David, ich fürchte, du musst mit dem Mädchen reden. Sie sitzt dort oben im Bug und flirtet mit einem der Kellner, und obwohl ich Watty zweimal hinter ihr hergeschickt habe, rührt sie sich nicht."

So majestätisch, wie es meine 1,70 Meter zuließen, bewegte ich mich an die Vorderseite des Bootes.

„Mary, Mrs. Gemmell möchte Sie sofort."

dem gutaussehenden Kellner und erklärte mir *unterwegs* :

„Das ist Bill Moreland. Ich kannte ihn ziemlich gut in Lake City. Ich habe ihn auf Bällen getroffen."

Am Morgen, bevor wir Chicago erreichten, gelang es ihr, sich lange mit einem anderen Kellner zu unterhalten, den sie sicher weder in Lake City noch anderswo getroffen hatte.

„Sieh mal, Mary! Wenn du dich so benimmst, fährst du mit dem Boot direkt zurück nach Lake City und siehst kein bisschen vom Jahrmarkt."

Ihre Manieren wurden verbessert, bis wir tatsächlich in Jackson Park waren, aber dann:

„Sie ist eine Philanthropin, Belle, eine Menschenliebhaberin – kolumbianische Garde, Wagenlenkerin des Evangeliums, Türke auf dem Basar. Das Glaubensbekenntnis oder die Hautfarbe spielen keine Rolle, solange er sich selbst einen Mann nennt."

Ich fürchte, ich war verärgert, denn es dauerte nicht einen Tag, bis mir klar wurde, was für ein Unterfangen es sein würde, den Überblick über meine Familie zu behalten, die mir noch nie so zahlreich vorgekommen war . Täglich um 10 Uhr MORGENS übergab ich im Michigan Building Will Axworthy das Schwierigste von allen, und täglich wünschte ich, er würde sie behalten, egal ob gut oder schlecht.

Am 4. Juli begann bei Tagesanbruch das Kanonadenfeuer, und ausnahmsweise hatte ich Verständnis für den Einwand meiner Mutter gegen die Lizenz, die jungen Amerikanern gewährt wurde. Sie zündeten Feuerwerkskörper an, nicht bündelweise, sondern scheffelweise; Kerosin und Dynamit waren ihr Ambrosia und Nektar. Was war, als ich in überfüllten Restaurants um das Mittagessen kämpfte und mich dann revanchierte, indem ich Stühle aus denselben stahl, die verschiedenen Stände im Midway durchstöberte, um meine drei jüngeren Söhne abzuholen, als es Zeit war, sie nach Hause zu schicken, und meine beiden kleinen Mädchen aus ihnen rettete Obwohl ich einen Überschuss an Limonadeneis und Schokodrops hatte, gefiel mir der herrliche Vierte nicht besonders.

Gegen Abend gab es keinen Zentimeter Festplatz, der nicht mit einer Bananenschale, einer Brotkruste oder einem herumfliegenden Papier geschmückt war. Belle hielt die Schilder „Halten Sie sich vom Gras fern“ für völlig überflüssig, und sie zog eines an den Wurzeln hoch und setzte sich darauf, womit sie den Buchstaben, wenn nicht sogar den Geist des Gesetzes wahrte.

„Jetzt, Dave“, sagte sie, „die Familie ist alle sicher außerhalb des Geländes, und Sie können eine Gondel nehmen, die uns vor Einbruch der Dunkelheit zum Segeln bringt. Alle bewegen sich zum Seeufer, um auf das Feuerwerk zu warten.“ , und die Lagunen sind nicht mehr so überfüllt wie früher. Stellen wir uns vor, wir wären auf Hochzeitsreise.“

So selten wird Belle sentimental über mich, ich begrüßte ihren Vorschlag mit äußerer Gleichgültigkeit, aber innerlicher Freude. Wir sicherten uns eine Gondel und ließen uns darin im mystischen Abendlicht sanft durch den Kanal und unter der Brücke schaukeln.

Das ferne Rumpeln eines Zuges auf der Intramural oder das Quacksalbern einer schläfrigen Ente im Binsen allein durchbrachen die Stille.

"Hier gehöre ich hin!" rief Belle aus. „Ich habe zuvor diese nach Osten aussehenden Türme und Minarette gesehen, mit dem Sonnenuntergangslicht auf den Wolkenmassen dahinter. Schauen Sie! Da überqueren ein Türke und ein Hindu die Brücke. Das ist die Region, das ist der Boden, das Klima. I Ich wusste immer, dass ich nicht für Westamerika bestimmt bin.

Das letzte Mal, als du auf dieser Reise in Michigan aufgewachsen bist, musst du sehr ungezogen gewesen sein . Trotzdem ist dies nur Chicago!"

„Es ist nicht Chicago! Es ist die Welt! Hören Sie sich das jetzt an – die Musik der Sphären!"

Wir näherten uns einer weiteren Gondel, die sich aus der Mitte des Kanals in die Nähe einer kleinen Insel zurückgezogen hatte. Der Mann am Heck tat nichts sehr Malerisches, aber der Mann am Bug, ein dunkelhäutiger Venezianer, schüttete seine Seele in einer Arie aus „Cavalleria Rusticana" aus. Seine Stimme hätte in Covent Garden vielleicht nicht bestanden, aber in der einzigartigen Bühnenkulisse, zu der auch eine Gruppe eifriger Zuhörer auf der Brücke hinter ihm gehörte, konnte man eine Pause bei ein oder zwei hohen Tönen verzeihen.

Der Sänger warf sich in den Geist der Komposition, blickte mit der Hand aufs Herz nach oben und senkte sie wieder auf die Erde, um die Zustimmung seiner Passagiere zu erhalten. Es waren nur zwei da, ein junger Mann und eine junge Dame, und auf letztere richtete der kostümierte Held seine verliebten Blicke.

„Da ist Romantik für dich!" sagte ich zu Belle, die notorisch auf der Suche danach ist. Ich wies unseren Gondoliere an, näher an seinen verliebten Landsmann heranzukommen . Meine Frau antwortete unruhig:

„Ich kenne den Mann oder Jungen nicht, denn das ist alles, was er ist, aber wenn das nicht Marys Hut ist –"

„Mary! Puh! Was ist aus Axworthy geworden?"

Als wir uns dem bequem aussehenden Paar näherten, verneigte sich Mary lächelnd vor uns und machte ihre Begleiterin auf ihren „Vater und ihre Mutter" aufmerksam – was für eine Unverschämtheit das ist!

Die Bootsfahrt war für Belle und mich eine Qual, da unser weißer Elefant aufgestanden war, um uns erneut zu verfolgen. Wir landeten und gingen zum Seeufer, wo der gesamte Hang voller Menschen war, die auf den Beginn des Feuerwerks warteten.

Jemand fing an, „Way Down upon the Swanee Ribber " zu singen, und alle stimmten mit ein. „Nearer, my God, to Thee" war auch durch den umfangreichen spontanen Refrain am beeindruckendsten. Im Vordergrund lag der Michigansee düster und erwartungsvoll, mit einer großen schwarzen Wolke am Horizont, obwohl die Sterne am Himmel leuchteten. Ein Halbkreis aus Booten erstreckte sich von der langen Exhibition Wharf auf der rechten Seite bis zum Kriegsschiff *Illinois* auf der linken Seite, und von letzterem aus schwenkte ein Suchscheinwerfer, ein allgegenwärtiges Auge, mit schnell umherschweifenden Blicken über die Menge, bis sie ihren Blick konzentrierte auf dem dunklen Ballon, der so geheimnisvoll aus dem Wasser stieg. Plötzlich schwebte an diesem Ballon das Sternenbanner in bunten Lichtern. Die Menge jubelte wie verrückt, die Boote pfiffen und ließen Raketen in Hülle und Fülle abfeuern.

Programm ging weiter . Bomben stellten die Kraft unserer müden Trommelfelle auf die Probe, feurige Schlangen zischten durch die Luft, große Räder schossen strahlende Wunderwerke hervor, und am äußersten Rand des Sees bewegte sich zum großen Unbehagen der ersten Reihen der Stände eine Reihe brennbarer Stoffe wie riesige Rampenlichter auf einem Bummel.

„David, wer war wohl bei Mary?"

Ich war mit George Washington in der Luft gewesen, umgeben von „Erster im Krieg, Erster im Frieden usw." in feurigen Buchstaben, und ich wurde unfreiwillig auf die Erde zurückgerufen.

„Ich habe nicht die geringste Ahnung. Ich hoffe, sie hat Axworthy nicht entwischt."

„Ich hoffe nur, dass er ihr nicht entwischt ist. Ich hätte sie nie zum Jahrmarkt mitgenommen, wenn er sich nicht bereit erklärt hätte, auf sie aufzupassen."

In diesem Moment kam es zu einem Aufschwung der gewaltigen Menschenmenge, verursacht durch eine Gruppe von College-Studenten, die sich Schulter an Schulter durchdrängten und eines ihrer mitreißenden Lieder sangen. Einige Leute, die auf ihren gemieteten Rollstühlen gestanden hatten, konnten mit knapper Not davor bewahrt werden, auf die Schultern der Vordermänner geschleudert zu werden. Einige konnten nicht entkommen – Mary zum Beispiel, die wie aus einem Katapult geschossen zwischen uns landete.

„Ich wusste, dass ich fallen würde, also bin ich einfach dorthin gesprungen, wo ich euch beide gesehen habe ", sagte sie mit ihrer gewohnten Ruhe und drehte sich dann um, um ihrem Begleiter der Gondel, der sich ängstlich mit den Ellbogen auf den Weg zu ihr drängte, zu versichern: dass sie völlig unverletzt war.

Sie errötete hübsch und stellte den Jungen als „Mr. Tom Axworthy – Cousin des Mr. Axworthy, wie Sie wissen" vor.

Mr. Tom sprach mit Mrs. Gemmell mit der Leichtigkeit und Sicherheit von neunzig statt neunzehn, während ich nebenbei ein paar Worte mit dem Mädchen wechselte:

„Wo ist der Mr. Axworthy, den wir kennen?"

„Er hatte heute Abend etwas Geschäftliches in der Stadt zu erledigen, also überließ er mir die Obhut für seinen Cousin – einfach ein liebenswerter Kerl!"

„Hm! Hast du noch weitere seiner Verwandten kennengelernt?"

„Oh ja – ein Onkel; ein ziemlich alter Junggeselle, aber auch hübsch!"

„Und ich nehme an, du warst auch beim Onkel."

„Nicht sehr viel. Er hätte mich gestern mit dem Ballon hochnehmen sollen, aber der Zyklon hat ihn zerplatzen lassen."

„Wir gehen jetzt nach Hause, und ich denke, Sie sagen Mr. Tom Axworthy besser ,Gute Nacht' und kommen mit uns."

Nachdem wir in einem Vorortzug zweieinhalb Stunden auf einen Stehplatz gewartet hatten, erreichten wir am 5. Juli frühmorgens das Hotel, staubig, rauchbedeckt und nach Pulver duftend, wie Veteranen von einem Schlachtfeld.

Das war keineswegs das letzte Mal von Mr. Tom Axworthy. Während unseres restlichen Aufenthaltes in Chicago war er es, ebenso häufig wie sein reiferer und anspruchsvollerer Cousin, der am Dameneingang unseres Hotels einen zögerlichen Abschiedsgruß mit Mary austauschte, und in Belles Herzen entstand eine große Angst vor der Jugend Die Frau vergeudete ihre Zeit mit diesem mittellosen Jungen, anstatt das Beste aus ihren Möglichkeiten zu machen, um zu einer zufriedenstellenden Einigung mit seinem Cousin zu kommen. Jeden Morgen blickte sie mir mitleiderregend ins Gesicht und sagte:

„Ich hoffe wirklich, dass Axworthy heute einen Antrag macht!" und einmal fügte sie hinzu:

„Ich kann keinen weiteren Winter im selben Haus mit diesem Mädchen und deiner Mutter ertragen. Oma hat sich in den Kopf gesetzt, dass Maria mein Lieblingslamm ist, das Idol meines Herzens, für das sie und auch du beiseite gelegt wurden." Sie erkennt nicht, dass es mich zutiefst beunruhigt, wenn Mary die ganze Zeit hinter mir herläuft und das Haus mit ihren Liebsten überrannt. Keines unserer Mädchen ist Gott sei Dank noch alt genug, um sich als meine Begleiterin zu betrachten gleichwertig, meine Handschuhe, meine Stiefel, meine besten Haarnadeln zu tragen und mein Lieblingsparfüm zu verwenden; zu kommen und sich neben mich zu setzen, wann immer ich vertraulich mit irgendjemandem spreche, entschlossen zu sein, in alles hineinzustecken, zu Ich weiß, was ich lese oder worüber ich nachdenke. Sie wird darauf bestehen, als nächstes meine Träume zu kennen!"

„Vielleicht faszinieren Sie sie."

„Wenn ich es täte, würde ich sie dazu bringen, sich von mir fernzuhalten! Ich könnte es besser ertragen, wenn ich denken würde, dass sie sich wirklich um mich kümmert, aber ich habe das Gefühl, dass sie mich nur als Basis für Vorräte betrachtet."

„Wir können also nur darauf vertrauen, dass die Basis schnell an Axworthy übertragen werden kann!"

Als wir von der Weltausstellung zurückkamen, machte die Familie einen Zwischenstopp in Interlaken, aber ich musste weiter in die Stadt zum *Echo*-Büro. Zu meiner Überraschung begleitete mich Mary zu meinem einsamen Abendessen im „Haus der sieben Giebel", wo Margaret wie üblich das Sagen hatte, und sie blieb dort für den Rest der Woche.

„Wo ist Maria?" war Belles Begrüßung, als ich am Samstag zu ihr kam.

„Sie ist in der Stadt."

„Warum hast du sie nicht mit rausgebracht?"

„Ich wusste nicht, dass du sie wolltest. Sie sagte, sie würde gerne über Sonntag in Lake City bleiben, um die Kommunion zu empfangen."

„Nimm wirklich die Kommunion! Sie möchte dort mit Margaret allein gelassen werden, damit sie die Chance hat, mit jedem Mann in der Stadt zu flirten. Ich dachte, du wärst vernünftiger, David."

Ich zog meinen weichen Filzhut weiter über meinen geschrumpften Kopf.

„Hat sie Briefe bekommen?"

„Ein oder zwei."

„Elender! Ich habe ihr auf jeden Fall gesagt, sie soll heute Abend mit dir hierher kommen."

Am Montagmorgen kam meine Mutter, die den Sommer mit meiner verheirateten Schwester in Lake City verbracht hatte, für eine Woche zu uns nach Interlaken.

Sie konnte es kaum erwarten, bis die Kinder außer Hörweite waren, um mir ihre Geschichte zu erzählen. Ich musste den Zug zurück in die Stadt nehmen, mit dem sie gekommen war, aber sie nutzte ihre Zeit optimal.

„Es gab tolle Dinge bei euch Wählen Sie in Ihrer Abwesenheit. Marg'et hat dem Diener deiner Schwester etwas über Marys Liebesangelegenheiten erzählt . Mary sagte es ihr nicht. Eesabelle befahl ihr, Willum Axworthy zu schreiben und seine Absichten zu erläutern; Wenn sie es nicht täte , sagte Frau Davvit , sie würde es tun hersel '. Und wenn sie mit einem Jüngeren korrespondiert Ane , eine Axworthy- Tae , sagt Marg'et, dass ihr ein Mann besser gefällt. Der Vater deiner Schwester war beleidigt, als er darüber nachdachte, warum der weibliche Name durch den Sumpf getrieben wurde .

Belle kam auf die Veranda, ihren breiten Hut in der Hand, bereit, mit mir zum Zug hinunterzugehen.

„Also hat Axworthy auf der Messe keinen Heiratsantrag gemacht?“ sagte ich, als wir außer Hörweite der Hütte waren.

„Nein; und ich finde es auch eine absolute Schande, nachdem er sich das Mädchen den ganzen letzten Winter lang angeeignet hat, und das auch noch in Chicago.“

„Eine große Erleichterung für Sie! Nun, ich schätze, inzwischen weiß die ganze Stadt, dass Sie Mary dazu gebracht haben, zu schreiben und ihn nach seinen Absichten zu fragen.“

„Das ist zu viel! Hat deine Mutter —“

„Mary hat Margaret zu einer *Vertrauten gemacht* , das ist alles. Diese unschätzbare Dienerin gehört so sehr zu uns selbst, dass es für den unkultivierten Geist schwierig war, genau zu wissen, wo die Grenze zu ziehen ist.“

„Ich hoffe, sie hat die Grenze gezogen, indem sie Margaret seine Antwort gezeigt hat. Das habe ich selbst nicht gesehen.“

„Was können Sie davon erwarten? Wenn er das Mädchen hätte heiraten wollen, hätte ihn nichts daran gehindert, sie zu fragen, und wenn nicht, würde kein Brief von Ihnen ihn dazu bringen, es zu wollen.“

„Sie hat es selbst geschrieben und alles, was sie sagte, war, dass sie gerne genau wissen würde, wie sie zu ihm stand. Ich habe nichts weiter getan, als die Schreibweise zu korrigieren.“

„Besser, Sie hätten in Ihrem eigenen Namen und ohne ihr Wissen geschrieben. Keine Tochter des Hauses wäre jemals in eine solche Lage geraten. Soweit ich das beurteilen kann, sind Mary und Mr. Will Axworthy erledigt. Wenn er das getan hat hatte eine gute Zeit in ihrer Gesellschaft, sie hatte eine ebenso gute Zeit in seiner, und er genießt ihre Briefe nicht so sehr wie ihre Nähe.

„Er ist ein kaltherziger, feiger —“

„Tut! tut! mein Lieber!“

Zu diesem Zeitpunkt waren wir auf dem Bahnsteig, und die Lokomotive fuhr rückwärts, um mich und die anderen unglücklichen Arbeiter zu empfangen, die gezwungen waren, wegzugehen und den saphirblauen See hinter sich zu lassen.

„Meinst du nicht, Isabel, dass es an der Zeit ist, dass du aufhörst, die Vorsehung zu spielen, und Gott eine Chance gibst?“

„Dave! Du bist blasphemisch!“

„Nein, das bin ich nicht. Ich möchte nur anmerken, dass Sie bei Ihren Plänen für das Wohlergehen einer bestimmten Person dazu neigen, den Komfort und das Glück aller anderen Beteiligten zu übersehen. Das ist das Schlimmste daran, nicht allwissend zu sein. Das sind Sie schließlich nur eine Art Amateurgottheit.

„Schick das Mädchen gleich mit dem nächsten Zug hierher.“ Und ich gehorchte.

Kapitel VII.

EINE WEITERE Woche Nachtarbeit und dann der sonnigste aller Sonntage am Ufer des alten Michigansees

Ich bemerkte, dass Mary in tiefer Ungnade mit meiner Frau war, die kaum mit ihr redete, und kam daher zu dem Schluss, dass Mr. Will Axworthy nicht rechtzeitig zur Rede gestellt worden war.

Ich bin kein unternehmungslustiger Bootsmann und beschränke meine Wasserausflüge im Allgemeinen auf den kleineren See, aber an diesem Samstagabend wehte kein Windhauch und das Wasser verkörperte die Ruhe in Person, also ließ ich mich in meinem kleinen Boot durch den Kanal treiben, der den See verbindet kleiner mit dem größeren Gewässer. Auf der Sandspitze, die an der Mündung hervorragte, saß auf einem alten Baumstumpf eine einsame Jungfrau, ein Bild des Jammers.

"Hallo Mary!" sagte ich und ignorierte die Tränen; „Willst du eine Bootsfahrt machen?“

„Das ist mir egal“, antwortete sie und setzte sich ans Heck, das ich ihr zudrehte.

Schweigend fuhr ich hinaus in den großen See, wo die kupferfarbene Sonne, die in einem Dunst am Horizont unterging, uns vor einem heißen Tag am nächsten Tag warnte. Rechts aus dem See erhob sich der Vollmond, der seinen sanften Einfluss gegen den strahlenden Schein, den die Sonne hinter sich ließ, noch nicht spürbar machte.

„Also ist Axworthy auf dich losgegangen, Mary?“

Die Fontänen spielten wieder.

„Ja; und es ist auch nicht das erste Mal, dass ich noch übrig bin.“

Mit Mrs. Mason, der Familie Ferguson, Lincoln Todd und dem jungen Flaker im Gedächtnis konnte ich dieser Bemerkung ehrlich zustimmen.

„Trotzdem könnte es sein, dass es auf lange Sicht einfach nur dein Werdegang ist.“

„Ich breche mir nicht das Herz wegen Will Axworthy; ich habe mich überhaupt nicht um ihn gekümmert, nur weil ich mich daran gewöhnt hatte, ihn bei mir zu haben , und ich hätte ihn geheiratet, wenn er mich darum gebeten hätte. Ich Denken Sie einen Moment mehr an seinen Cousin.

„Der Junge, den wir auf dem Jahrmarkt gesehen haben?“

„Ja. Er hat mir einen schönen Brief geschrieben. Würde es Ihnen etwas ausmachen, ihn mir vorzulesen? Einige der großen Wörter konnte ich nicht verstehen, und Margaret auch nicht. Ich habe ihm alles selbst geschrieben!“

Noch nie zuvor war es mir zugefallen, den Beichtvater einer Dame in Liebesschwierigkeiten zu spielen, aber der redaktionelle Verstand ist jedem Notfall gewachsen, also ließ ich meine Ruder gleiten und rückte meine Lesebrille zurecht, um Marias kostbaren Brief zu lesen.

Als ich die Signatur weitergelesen hatte. „Dein hingebungsvoller Liebhaber ‚Tom‘“, Marys Gesicht strahlte.

„ Ist er nicht schlau? Du weißt, dass er auf der Messe war und für eine Zeitung berichtete.“

„Das erklärt seine Leichtfertigkeit. Habe nichts mit ihm zu tun, Mary. Er versucht nur, dich anzulocken. Der verbrannte Hund sollte das Feuer fürchten.“

„Aber er bewundert mich, nicht wahr?“

„Er sagt es, aber es liegt ihm viel mehr daran, dass du ihn bewunderst. Nun, es gehört zu seinen Aufgaben, seine Hand im Zaum zu halten, indem er verliebt ist, oder besser gesagt, indem er irgendein dummes kleines, dummes Mädchen in ihn verliebt. Du wirst einfach wieder zurückgelassen, wenn du diesen jungen Schlingel ermutigst.

Im April regnet es erneut.

„Ich denke, das Beste, was ich tun kann, ist, hier in den Michigansee über Bord zu springen. Mir kommt es nicht so vor, als würde ich irgendwo gesucht .“

„Das geht vielleicht sehr gut, aber du bist ein zu guter Schwimmer, um leicht zu ertrinken, und du würdest dich an meinem Boot festhalten und mich verärgern. Ich kann keinen Schlag schwimmen, und es wären fünf – sechs junge Gemmells. “ und eine Witwe und eine Mutter, die auf die Welt geworfen werden. Nein, wir müssen uns etwas Besseres einfallen lassen.

Marys Lachen war immer schnell und folgte ihren Tränen.

„Was denkst du, wofür ich eigentlich gut bin?“

„Ich kann bezeugen, dass Sie als Haushälterin keinen Erfolg haben.“

„Noch ein Kindermädchen.“

„Und als Begleiterin einer Dame sind Sie nicht alles, was man sich nur wünschen kann, selbst wenn es in West Michigan eine Nachfrage nach diesem Artikel gäbe.“

„Als Gentleman-Begleiter bin ich in Ordnung", und das Mädchen zeigte lächelnd ihre perfekten Zähne.

„Das ist kein Scherz, Mary. Du fühlst dich in unserem Haus nicht sehr wohl, und im nächsten Winter wird es für dich noch schlimmer werden, da kein Will Axworthy zu dir kommt und keine Verlobung mit ihm in Aussicht steht. Was denkst du selbst?" wofür du geeignet bist – Rezitieren und Kornettspielen außer Frage zu stellen?"

Die junge Dame legte ihr Kinn auf ihre Handfläche und formte ihr Gesicht zu einem bezaubernden Ausdruck tiefer Meditation.

„Ich kann nicht unterrichten, und ich kann nicht nähen, und ich kann nicht kochen. Ich könnte es nicht ertragen, den ganzen Tag still an der Schreibmaschine zu sitzen, und im Telefonbüro ist kein Platz. Du weißt ganz gut, dass da keiner ist. " Für Mädchen wie mich ist es etwas anderes, als zu heiraten. Deshalb hat Gott uns hübsch gemacht, also hätten wir gute Chancen."

„Seien Sie nicht leichtfertig, Miss. Was glauben Sie, würden Sie gern Krankenhauskrankenschwester werden ? "

„ Keine Ahnung , es würde mir nichts ausmachen, es zu versuchen. Im Allgemeinen bin ich gut zu Leuten – wenn sie krank sind – und ich habe weder vor schmutzigen noch vor toten Menschen Angst. Ich habe eine alte Frau aufgebahrt, die in der Zuflucht gestorben ist. "

„Sie sind nicht besonders dünnhäutig, das ist eine Tatsache; aber es ist der Bildungsabschluss, vor dem ich Angst hätte. Es muss eine Art Prüfung bestanden werden, bevor man heutzutage an einer dieser Ausbildungsschulen aufgenommen werden kann. Das werde ich." Schreiben Sie für einige Bewerbungsformulare, und wir werden sehen. Wenn Sie erst einmal in der Lage wären, Ihren Lebensunterhalt zu bestreiten, würden Sie ganz anders darüber denken, jemanden zu heiraten, der auftaucht, nur um eines Hauses willen. Bei uns ist es vielleicht nicht viel davon eine Eins für dich, aber heirate, um da rauszukommen, und du wirst vielleicht aus der Bratpfanne ins Feuer fallen.

„Ich denke, es wäre einfach schön, Krankenschwester zu sein! Als Mrs. Wade krank war, kam eine aus Chicago, und die Uniform war furchtbar hübsch. Ich bin mir sicher, dass sie mir passen würde."

ein Krankenhaus gehen, können Sie eine Antwort auf Will Axworthys letzten Brief schreiben."

„Er wollte, dass ich ihm trotzdem weiterhin schreibe; er sagte, er möchte immer mit mir gut befreundet sein."

„Ich würde ihm nicht noch einmal schreiben und alles alleine machen. Sagen Sie einfach, dass der Grund, warum Sie den anderen Brief geschrieben und gefragt haben, wie Sie zu ihm stehen, darin bestand, dass Sie darüber nachgedacht hatten, uns ganz zu verlassen, aber bevor Sie ihn annahmen Als Sie den entschiedenen Schritt der Einweisung in ein Krankenhaus entschieden hatten, hielten Sie es für nur fair ihm gegenüber, ihm die Möglichkeit zu geben, Einwände zu erheben, wenn er wirklich die Einwände hatte, die er Sie für selbstverständlich gehalten hatte.

Zu diesem Zeitpunkt hörten wir ein Geschrei und den Klang von Blechhörnern am Strand. Ich nahm die Ruder, zog hinein und sah, wie Belle und die Jungen im hellen Mondlicht ihre Hüte schwenkten. Das Gesicht meiner Frau drückte völliges Erstaunen aus, als sie sah, wer mein Schiffskamerad war.

„Wir dachten, du wärst da draußen eingeschlafen. Ich wusste nicht, dass du Gesellschaft hast!“

Mary war immer noch in den schwarzen Büchern, als ich am nächsten Samstag herunterkam. Belle hatte eine bittere Beschwerde.

„Sie saß gestern den ganzen Nachmittag und einen Teil des Abends da und schrieb und schrieb vor meinen Augen einen Brief um. ‚Antworten Sie Will Axworthy?‘ Ich fragte ganz herzlich, denn ich wollte bei der Beantwortung dieses Briefes mithelfen – ich hatte einige schneidende Sätze für ihn parat. „Ja, mama “, sagte sie ganz knapp, „aber ich denke, ich schaffe es, alleine zurechtzukommen.“ .““

Ich wagte nicht, mich an den Rat zu halten, den ich gegeben hatte, aber ich sah ein, dass die Dinge beschleunigt werden mussten. Da ich zu dieser Zeit geschäftlich in Chicago war, besuchte ich fast jedes Krankenhaus in der Stadt und erzählte Marys Geschichte in meinem dramatischsten Zeitungsstil. Ich machte deutlich, dass es für die junge Frau sehr edel und aufopferungsvoll sei, wenn sie im Luxus leben könnte – denn so beschrieb ich ohne Scham mein eigenes bescheidenes Establishment –, den Beruf und die Arbeit einer Krankenschwester anzunehmen Wohl der Menschheit, natürlich auch sich selbst. Die Bildung – oder das Fehlen einer solchen – war überall der Nachteil, und auch die Jugend des Bewerbers, wobei fünfundzwanzig ein akzeptableres Alter war als kaum einundzwanzig.

Aber meine Beharrlichkeit wurde schließlich belohnt, als ich den Leiter einer Ausbildungsschule fand, der noch etwas Fantasie übrig hatte und sich intensiv für Marias „Kummergeschichte“ interessierte.

„Sorgen Sie dafür, dass sie in den nächsten Monaten so intensiv wie möglich Lesen, Rechtschreibung und Rechnen lernt, und ich werde sie in der allerersten Öffnung holen.“

Die Aussicht weckte Belles alte Lebenskraft, und sie ließ zu Marys Gunsten Rechtschreibprüfungen durchführen, ließ das Mädchen ihr laut vorlesen, gab ihr Diktate zum Schreiben und hörte ihr jeden Vormittag das Einmaleins an – wenn sie es nicht vergaß.

An einem wunderbaren Morgen im Oktober hatte ich die Ehre, unsere *Schützlingin* nach Chicago zu bringen und sie der Oberin zu übergeben. Wenn sie nur den Monat der Bewährung durchstehen würde, schmeichelten wir uns, dass sie in Sicherheit wäre.

Drei Wochen später traf ich den Rev. Mr. Armstrong auf der Straße.

„Ich denke, es ist nur richtig, Ihnen zu sagen, was die Leute sagen", sagte er.

„Es ist meine Aufgabe, es zu wissen", antwortete ich.

„Ich meine, was Ihre Adoptivtochter betrifft. Mir wurde gerade von zwei seriösen Parteien nacheinander mitgeteilt, dass sie wegen Flirtens aus dem Krankenhaus entlassen wurde und dass Sie und Mrs. Gemmell die Angelegenheit genauso gut vertuschen wie Sie." kann, aber dass du überhaupt nicht weißt, wo sie ist.

Als ich nach Hause kam, war meine erste Frage:

„Hast du in letzter Zeit etwas von Mary gehört, Belle?"

„Eine Woche lang nicht, und ich mache mir große Sorgen um sie. Davor schrieb sie mir brav alle zwei oder drei Tage und erzählte mir alles über ihre Arbeit. Ich habe ihr trotzdem weiterhin geschrieben und mir Ausreden einfallen lassen für sie zu sorgen und nie eine Minute an ihr zu zweifeln; aber um die Wahrheit zu sagen, Dave, ich werde schrecklich ängstlich.

Dann erzählte ich ihr, was ich gehört hatte.

„Glauben Sie es nicht, David! Das werde ich nie tun, bis ich es von ihr selbst höre. Ich weiß jetzt mit Gewissheit, dass ich dieses Mädchen liebe! Ich werde ihr vor aller Welt glauben! Ich werde bis ins kleinste Detail zu ihr stehen." und dünn! Ich werde sie nicht beleidigen, indem ich an das Krankenhaus schreibe! Was zählt nun an den kleinen Unannehmlichkeiten, die das Zusammenleben mit ihr mit sich bringt? Was haben mehr oder weniger ein paar Kleidungsstücke und Toilettenartikel damit zu tun? Wenn sie versagt hat, sie Ich werde nach *Hause kommen* und den dreijährigen Kampf von vorne beginnen. Ich werde mich jetzt hinsetzen und ihr den schönsten Brief schreiben, den ich schreiben kann.

Das klang sehr mutig, aber innerlich wusste ich, dass meine Frau in den nächsten Tagen Qualen erleiden musste.

„Vielleicht, wenn ich dies getan hätte", würde sie sagen, „oder wenn ich jenes getan hätte – es kommt mir genau wie ein Tod vor, und ich habe sie getötet."

Am Dienstagmorgen kamen zwei Briefe von Mary. Sie wurden hastig und aufgeregt geschrieben.

„Meine liebe gute Mutter, ich bin angenommen! Es ist der glücklichste Tag meines Lebens; es wird ein roter Buchstabe für dich sein! Ich liebe dich. Ich habe mich so sehr um deinetwillen bemüht; ich habe versucht, meinem Leben Gehör zu verschaffen." Ein langes Gebet und der liebe Gott hilft mir. Ich habe nicht geschrieben, weil sich die Prüfung verzögert hat , und ich wollte warten , bis ich dir etwas *Gutes* zu sagen habe. Ich sehe gut aus in der Uniform . Sie ist rosa und hat eine weiße Mütze. Schürze und Manschetten. Oh , ich bin so zufrieden; diese Arbeit ist so erfüllend. Ich werde nie einsam oder habe Heimweh. *Wir* Krankenschwestern haben eine Party gefeiert und wir haben getanzt und Eis serviert, und es waren ein paar nette Ärzte hier, und der Direktor ist so Nett zu uns, wir haben viel Spaß" – und so liefen die Briefe weiter.

Die Reaktion war zu viel für Belle. Sie weinte, dann lachte sie, dann fiel sie auf die Knie und dankte Gott, und sie erzählte mir, sie habe hinzugefügt, dass er um Himmels willen seine Engel einsetzen müsse, um *Maria* zu beschützen, denn sie sei ein armes, gebrechliches Kind, das schwanger geworden sei Diesmal hatten sie keine Lust mehr, und viele verfolgten sie, weil sie hübsch war und vielleicht einen Ruheplatz finden und ein wenig von dem bekommen würde, was ihnen rechtmäßig (?) gehörte.

Nach einer Weile ging sie zu Herrn Armstrong und las ihm die Briefe vor. Er wurde ganz weiß.

„Oh, wie schade!" sagte er.

„Ich wünschte, ich könnte ihre Verleumder in einem Raum versammeln und ihnen diese Briefe vorlesen", sagte Belle.

Tagelang löcherte sie die Leute auf der Straße mit Knopflöchern, um ihnen von Mary zu erzählen oder ihnen Auszüge aus ihren Briefen vorzulesen. Wenn sie gesagt hätten, sie sei eitel und faul, egoistisch und inkompetent, genau wie die Hälfte ihrer eigenen Töchter, hätte Belle ihnen vergeben können. Es war ihre Entschlossenheit, sie in die Gosse zu stoßen, die meine Frau zu ihrer tapferen Verfechterin machte.

„Was auch immer dieses Mädchen bedeutet, Dave, es entsteht aus unserem Glauben an sie, und wir dürfen ihr nie etwas übel nehmen. Sie schreibt mir, dass ich ihr immer zur Seite stehe, wenn sie eine schwierige Aufgabe hat, zum Beispiel bei Anfällen helfen."

„Aber unter uns, Sie müssen zugeben, dass es eine große Erleichterung ist, sie weg zu haben."

„Du kannst das nicht so fühlen wie ich. Ich lebe wieder! Ich lese meine eigenen Bücher, denke meine eigenen Gedanken. Ich gehöre mir selbst. Niemand sagt: ‚Was ist los?' 'Wo gehst du hin?' „Was macht dich ernst – oder fröhlich?" Ich sitze da und unterhalte mich mit meinem „seltsamen Fisch". Ich gehe zu allen möglichen Meetings und diskutiere alle möglichen Ismen, ohne ständig nach dem „Warum?" zu fragen. 'Warum?' oder „Sag es mir!" Es sind die kleinen Dinge, die zermürben. Wenn ich das nächste Mal versuche, einem jungen Mädchen zu helfen, werde ich nicht riskieren, meinen Einfluss bei ihr zu verlieren, indem ich sie in mein Haus aufnehme. Weißt du, Dave, ich habe manchmal das Gefühl, dass Mary meine gewesen sein muss Ich hatte in einer früheren Inkarnation mein eigenes Kind, und ich habe sie vernachlässigt und misshandelt; deshalb wurde sie mir dieses Mal wieder aufgedrängt, ob es mir gefiel oder nicht.

Nach Weihnachten beschloss Isabel, dass sie nach Chicago fahren musste, um Mary zu besuchen, und als sie zurückkam , erzählte sie mitreißend von ihren Erlebnissen, zu denen auch die Teilnahme an einer Autopsie gehörte – aber darauf möchte ich nicht näher eingehen.

Sie stellte sich dem Schulleiter vor und sagte:

„Kann ich Miss Gemmell für zwei Tage in meinem Hotel haben?"

„In der Tat, nein, Madam. Uns mangelt es an Hilfe, und das würde völlig gegen die Regeln verstoßen."

„Dann bleibe ich hier bei ihr."

Die Superintendentin sah verzweifelt aus.

„Glauben Sie nicht, dass wir unwirtlich sind, aber in diesem tollen Gebäude gibt es absolut keine Möglichkeit für Gäste."

"Oh!" sagte Belle unverfroren. „Ich scheine das Pech zu haben, die Regeln dieses Hauses zu brechen oder brechen zu wollen. Können Sie mir nun freundlicherweise sagen, was ich tun kann? Wie kann ich das Beste von meiner Mary sehen, während ich in Chicago bin?"

Nach einigem Nachdenken kam die Antwort:

„Vielleicht haben Sie Miss Gemmell morgen Nachmittag und zwei Stunden am Sonntag."

„Das wird mir überhaupt nicht passen! Jetzt vergessen Sie bitte alles, was gesagt wurde, und ich sage Ihnen, dass ich, Frau David Gemmell aus Lake City, Michigan, eine arme, müde Frau bin, die von nervöser Erschöpfung bedroht ist und bereits Schüttelfrost hat Angst lief mir über den Rücken, gepaart mit Erwartungsrötungen in meinem Kopf. Zu diesem Zeitpunkt waren Mary, die Superintendentin und zwei weitere anwesende Krankenschwestern alle aufmerksam, und Belle fügte ernst hinzu:

„Ich möchte eines Ihrer besten Privatzimmer im Korridor B, wo Miss Gemmell Dienst hat, und ich möchte sofort den Hausarzt sehen."

So war Belle im Krankenhaus komfortabel und luxuriös untergebracht, und der einzige Nachteil bestand darin, dass ihr die Mahlzeiten in ihrem Zimmer serviert werden mussten.

„Was für Feste wir hatten – Maria und ich", sagte sie. „Was für ein Spaß! Bevor ich ging , hatte ich das gesamte Krankenhauspersonal demoralisiert und jede Regel in der Einrichtung gebrochen. Es hat allen gut getan."

„Ich hoffe, Sie waren nicht indiskret", sagte ich.

"Indiskret?"

„Sie müssen sich daran erinnern, dass Mary sich darauf vorbereitet hat, ins Krankenhaus zu gehen, als sie mit Ihnen „out" war. Jetzt haben Sie so viel von ihr gemacht, dass sie denken wird, wann immer es ihr zu heiß wird, sie hätte es getan nur um direkt wieder hierher zurück zu marschieren."

„Sie versichert mir, dass sie ihren Abschluss *machen wird* ."

„Davon sollte nie eine Rede sein."

„David, ich habe dir nur die eine Seite erzählt. Wenn dieses Mädchen mein eigenes wäre, würde ich sie aus diesem besonderen Feuer holen. Ich würde auf die Knie gehen und sie um Verzeihung bitten, dass ich sie hineingeworfen habe. Es verbrennt ihre Jugend, ihre Blüte, ihre Originalität, ihre Bescheidenheit. Es wirft die Mädchen in ein Leichenhaus voller Sünde, Krankheit und Tod. Es zerstört das Nervensystem von neun von zehn, oder es lässt sie ruhig, stabil und verbrannt zurück -out-Frauen, die hinter den Kulissen des Lebens gestanden haben und desillusioniert sind. Als dieses kleine rosa-weiße Ding da saß und mir von einigen der schrecklichen Situationen erzählte, in die sie geraten war und für die sie verantwortlich gemacht wurde, Die Tränen liefen mir übers Gesicht. Ich habe ihr vieles vergeben."

„Viele gebildete, gebildete Frauen mit einer ganz anderen Erziehung als Mary machen dasselbe durch."

„Nun, ich habe ihr geraten, weiterzumachen und den Kurs zu beenden, und sei es nur, um ihren Freunden und Feinden zu zeigen, aus welchem Holz sie geschnitzt ist. Wenn ich an diese freien Schutzzauber und die niederen, ekelhaften Ämter denke, die dieses gebrechliche kleine Mädchen zu erfüllen hat leisten! Was hat sie gesät, dass sie diesen Kampf mitten im Gefecht, so schlecht ausgerüstet, ernten sollte?"

„Ich wage zu behaupten, dass es Erleichterungen gibt."

„Oh ja! Sie flirtet – sagt, sie würde sterben, wenn sie es nicht täte – mit jedem Mann im Haus, vom Aufzugsjungen bis zum Chefarzt, und ich habe sie wirklich entschuldigt. Die Oberschwester in Marys Station ist es Sehr hart zu ihr, aber ich habe ihr und jedem im Ort klar gemacht, dass Miss Gemmell kein Streuner ist, der keinen Einfluss hat, der sie unterstützt. Jeden Tag sende ich Gedankenwellen aus – Hypnose – wie auch immer Sie es nennen wollen –, um diesen Dekan zu zwingen Frau, an etwas anderes zu denken, als ausgebildete Krankenschwestern zu machen und gleichzeitig physische Wracks zu hinterlassen. Menschen sind größer als Institutionen.

„Die Disziplin wird die Erschaffung Marias sein."

KAPITEL VIII.

WÄHREND DES BERÜHMTEN PULLMAN , im Interesse des Echo nach Chicago zu REISEN . Am Samstagnachmittag, dem 7. Juli, war ich am Puls der anarchistischen Bewegung, nahe der Ecke Loomis Street und Forty-ninth Street. Ich nahm meinen Standpunkt im tiefen Eingang eines „Hauses zum Vermieten" ein und beobachtete die Aktionen einer Gruppe von Streikenden, die sich um einen Güterwagen in der Nähe des Grand-Trunk-Kreuzungsübergangs versammelt hatten. Sie hatten es angezündet und versuchten, es auf die Eisenbahnstrecke zu stürzen, ermutigt durch den Jubel einer Menge von etwa zweitausend Männern, Frauen und Kindern.

Die Brandstifter waren so beschäftigt, dass sie den Zerstörungszug, den sie aufhalten wollten, nicht bemerkten und schnell rückwärts fuhren. Während sie noch in Bewegung waren, spuckten die Wagen Kapitän Kelly und seine Kompanie aus, die den ganzen Tag die Gleise von Pan Handle bewacht hatten, aber offenbar noch nicht ihre Nachtruhe verdient hatten.

Die Menge begrüßte die Soldaten mit Steinen, Ziegelsteinen und alten Eisenstücken, aber die Autoverbrenner gingen ihrer kleinen Aufgabe nach und achteten überhaupt nicht auf das Herannahen des Militärs.

Eine Pistolenkugel aus dem Mob sauste zwischen seinen Männern hindurch, und dann gab Captain Kelly den Befehl zum Schießen. Als sich der Rauch der Salve verzog, sah ich die Menschen still stehen, geschockt und sprachlos vor Überraschung. Eine Sekunde später erkannten sie, dass der Wurm die Kühnheit gehabt hatte, sich umzudrehen, stießen ein Durcheinander aus Schreien und Gebrüll aus und schlossen sich um die Handvoll Soldaten, denen sie mit den Spitzen der Bajonette begegneten.

Die schreiende Menschenmenge zerstreute sich, flüchtete in Gassen und Häuser, gewann aber wieder Mut und tauchte hier und da in Gruppen auf, um erneut von Soldaten und Polizisten angegriffen zu werden. Letztere mussten sich nach einer Weile allein durchschlagen, denn das Militär bestieg erneut den Abrisszug, und der Lokführer, völlig „aufgerüttelt", gab Gas und entführte sie in den Westen, wobei ein Dutzend mit Revolvern bewaffnete Polizisten zurückblieben um den Angriffen eines Mobs zu begegnen, der mittlerweile auf fünftausend angewachsen war.

Die Presse beschimpft die Polizei aus Prinzip, aber als ich diese heldenhafte Begegnung sah, schwankte ich in der Einhaltung meines Versprechens gegenüber Belle, nicht in Gefahr zu geraten. Noch während ich zögerte, trafen „Eilwagen" mit Verstärkung von benachbarten Polizeistationen ein, und dann konnte sich die Menge nicht schnell genug zerstreuen. Es war ein verzweifelter Anblick: Männer, die in ihrer Eile, wegzukommen, sich gegenseitig niederschlugen, und die Frauen, die sie angespornt hatten, schrien und stöhnten jetzt wie Wahnsinnige. Eines der armen Geschöpfe wurde von einer Kugel am Knöchel getroffen, und ihr Sturz in die Rinne war zu viel für meinen tugendhaften Vorsatz. Selbst wenn sie eine dreckige, heulende Polackin ist, genießt ein Mann es nicht, wenn eine Frau niedergeschlagen wird, also verließ ich meine Türschwelle und ging, um der Dame aufzuhelfen. Von meiner Verfassung her bin ich kein mutiger Mann, aber ich vergaß die fliegenden Kugeln völlig, bis mich eine am Knie traf und ich umkippte und dabei mit dem Kopf gegen den Bordstein schlug. Ich muss fassungslos gewesen sein, denn als ich meine Augen wieder öffnete, war die Straße leer, bis auf ein donnerndes Fahrzeug, das direkt auf mich zuraste.

Zuerst dachte ich, es sei ein Ausreißer, denn das Pferd hatte Schaum im Maul und einen blutunterlaufenen Augapfel; Aber nein, da war ein Mann oder ein Unhold mit einem ähnlich wilden Glanz in seinen Augen, der das Tier auf mich drängte, während er einen Gong ertönen ließ, um alles aus seinem Weg zu räumen. Das alles sah ich blitzschnell, und mir ging auch blitzschnell der Rat durch den Kopf, den Präsident Cleveland in seiner Proklamation an Nichtkombattanten gegeben hatte, sich aus der Gefahrenzone zu halten.

Ich rollte mich auf die Seite mit der ekelerregenden Gewissheit, dass im nächsten Moment die Hufe und Räder auf mich zukommen würden, aber das Pferd richtete sich direkt vor meinen Füßen auf, das Rasseln und Klirren verstummte, und ein Arzt in seinen Hemdsärmeln erschien wie von Geisterhand.

Es war natürlich ein Krankenwagen.

Ich wurde ohnmächtig, als sie mich hochhoben, und kam erst im Krankenhaus zu mir – Marys Krankenhaus und ihrer Station. In dieser und der nächsten Woche war in Chicago alles überfüllt, aber – der herrschende Grundsatz war stark im Tod – ich lehnte es ab, außer Sicht- und Hörweite in einen privaten Raum gebracht zu werden.

„ Möchtest du, dass ich Frau Gemmell benachrichtige, dass sie kommt?“ fragte Mary und ich antwortete schläfrig:

„Nein, tun Sie es nicht. Es ist besser, sie aus dem Weg zu räumen. Sie würde mit Sicherheit mit den Streikenden sympathisieren.“

„Aber sie wird sich fragen, wo du bist.“

„Sie kann nicht sicher hierher kommen, wie die Dinge jetzt sind, und die Mails sind alle durcheinander. Schreiben Sie nicht. Senden Sie ein Telegramm in meinem Namen. Gehen Sie nach Chicago und sagen Sie ihr, dass ich inhaftiert bin, aber das werde ich tun.“ geh am Montag nach Hause, klar.

In derselben Nacht hatte ich hohes Fieber. Es dauerte Tage und Tage, bis ich zu mir kam, und dann war ich zu schwach, um zu fragen oder mich darum zu kümmern, wie alles zu Hause los war. Mein ganzes Lebensinteresse konzentrierte sich auf diese Krankenstation, und mit halb geschlossenen Augen lag ich da und machte unbewusst Notizen.

Außenstehenden mag es wie ein ideales Leben erscheinen, aber innerhalb der Mauern einer dieser großen Institutionen gibt es genauso viel Drahtzieherei, so viel Eifersucht und Skandal wie irgendwo sonst auf diesem Planeten. Es ist ein Inbegriff des Weltkampfes, und die Kämpfer treffen im Nahkampf aufeinander.

Schwester Dean, die Leiterin unserer Station, groß und kantig in der Gestalt, streng und kalt im Gesichtsausdruck, war der Drache, von dem Belle mir erzählt hatte, aber sie verstand ihr Geschäft, und ich für meinen Teil zog es vor, dass sie mich einfach als solchen betrachtete Eine Maschine, die zur Reparatur bereitgelegt wurde. Ich hatte nicht einmal das Gefühl, dass sie Mary gegenüber übermäßig streng war, nachdem ich gehört hatte, wie sie dem Mädchen „Gegrüßet seist du Columbia" wegen ihrer Nachlässigkeit sagte, weil sie Nummer Neun – das war ich selbst – einen ganzen Vormittag lang die falsche Medizin verabreicht hatte.

Hätte ich nicht einen schwachen Protest zu ihren Gunsten eingelegt, wäre „Schwester Gemmell" sofort entlassen worden.

Ich möchte nicht den Eindruck erwecken, dass Mary nicht das Zeug zu einer einigermaßen guten Krankenschwester hatte. Sie war leichtfüßig und hatte eine schnelle Hand, und es gefiel mir, dass sie Dinge für mich erledigte; fand ihre *Aura* angenehm, wie Belle es ausgedrückt hätte. Wie viele halbgebildete Menschen war sie sehr aufmerksam, aber soweit ich das beurteilen konnte, hatte sie ein Auge auf ihre Arbeit und das andere auf die Suche nach Flirts. Für einige von ihnen entwickelte ich großes Interesse.

Im Bett neben mir lag der deutsche Geigenspieler, der seine Augen nicht von Mary lassen konnte, wenn sie die Station betrat, und einmal, als Schwester Dean nicht im Dienst war, holte sie ihr versilbertes Kornett hervor, um zu „touten". wenig für ihn, er erklärte, es sei die hinreißendste Musik, die er je in seinem Leben gehört habe!

Ich hatte den starken Verdacht, dass es dem schlaffen jungen Handwerker auf meiner anderen Seite vollkommen gut genug ging, um entlassen zu werden, aber er konnte sich nicht dazu durchringen, sich von Mary zu trennen. Dann war da ein junger Arzt, dessen Gesicht ich undeutlich erkannte, aber es ermüdete meinen armen Kopf zu sehr, darüber nachzudenken, wer er war. Er und Mary unterhielten sich oft an meinem Bett über ihre eigenen Angelegenheiten. Eines Abends hörte ich den unverkennbaren Klang eines Banjos und schaffte es, mich weit genug umzudrehen, um zu erkennen, dass derselbe Arzt draußen im Flur eine Begleitung zu Marys sehr schöner Imitation eines Rocktanzes spielte.

Der Anblick belebte mich so sehr, dass ich laut lachte, und Mary kam hastig näher, errötend und mit dem Finger auf der Lippe. Die rosa-weiße Uniform stand ihr tatsächlich wunderbar, und es überraschte mich nicht, in den schläfrigen blauen Augen des jungen Hausarztes tiefe Bewunderung zu erkennen. Wo hatte ich diesen „Kopf von Burne Jones" schon einmal gesehen?

„Sie scheinen sich nicht an mich zu erinnern, Mr. Gemmell", sagte der Besitzer und streckte seine Hand aus. „Mein Name ist Flaker. Ich war vorletzten Sommer in Interlaken."

„Sie sind jetzt ein vollwertiger Arzt?"

„Oh ja, aber ich übe hier ein Jahr lang, bevor ich mich selbstständig mache."

Schatten der Hotelmatronen! Wenn sie das hörten, würden sie wahrscheinlich sagen, dass Mary absichtlich hierher geschickt wurde, um ihn zu fangen.

Arme Maria! Sie hatte ihre eigene Reihe zu hacken. Eines Abends kam sie weinend zu mir, weil Schwester Dean den ganzen Tag wegen der einen oder anderen Sache hinter ihr her gewesen war.

„Ich bin nie wählerisch, um ihr zu gefallen. Ohne Dr. Flaker würde ich keinen Tag länger hier bleiben."

„Du magst ihn ziemlich gut, was?"

„Nun gut, und er hat sich von mir getrennt; er sagt, er sei auch in Interlaken gewesen, nur konnte er nichts sagen , weil er noch nicht volljährig war. Seine Leute sind furchtbar anspruchsvoll."

„Sie werden ihre Disziplin haben", dachte ich.

„Übrigens, Mary, wie lange ist es her, seit ich hierher gebracht wurde?"

„Heute zwei Wochen."

Ich sprang vor Überraschung fast aus dem Bett. „Warum hast du es mir nicht gesagt? Wurde keine Nachricht nach Lake City geschickt?"

etwas Großes über Ihre Anwesenheit hier gesagt , weil Sie mir gesagt haben, ich solle es nicht tun."

„Und hattest du keine Antwort?"

„Da liegt ein Brief von Frau Gemmell an Sie. Ich weiß nicht, wie sie Ihre Adresse hätte herausfinden können. Schwester Dean sagte, ich solle Ihnen den Brief nicht geben, wenn Sie ein bisschen Fieber hätten . “

„Hol es sofort, Mary, oder ich stehe auf und gehe über den Boden“, und das Mädchen brachte mir dieses bemerkenswerte Dokument. Es hatte weder Anfang noch Ende, sondern kam sofort zur Sache.

„Ich weiß alles! Du hast über meine okkulten Tendenzen gelacht, dich über meine Theosophie lustig gemacht, aber leider kann ich dir jetzt einen überzeugenden Beweis für die durchdringende Kraft des einen und die unterstützende Kraft des anderen liefern. Ich wurde wegen deiner so nervös anhaltendes Schweigen und Abwesenheit, dass ich getan habe, was ich dir versprochen hatte, nicht zu tun – in meinem Astralraum auf die Suche nach dir gegangen bin – und ich dich gefunden habe! Ich wünschte Gott, ich hätte es nie versucht! Es ist nicht meine Gesundheit, die ruiniert ist, sondern meine Herz und mein Glück. Um die Gewissheit doppelt zu gewährleisten, habe ich den einzigen Brief, den ich seit Wochen von Mary erhalten habe, psychometrisiert. Sie war schlau genug, deinen Namen nicht zu erwähnen, aber die unausgesprochene Aussage war dieselbe. Zu glauben, dass ausgerechnet du – aber ich gebe Ihnen keine Vorwürfe! Ich bin mit platzendem Herzen vor Verzweiflung zum *Echo*- Büro gegangen und habe Lügen erzählt, um Ihre Abwesenheit zu erklären, um die Dinge am Laufen zu halten, bis Sie es für angebracht halten, Ihre eigene Erklärung einzusenden. Ich habe Staub aufgewirbelt auch in den Augen der Familie, bis du mir deinen Willen über sie sagst. Nein, ich wage es nicht, dir die Schuld zu geben! Habe ich das Mädchen nicht selbst in dein Leben gestoßen – und die Besten von uns sind nur Menschen? Es ist Karma! Ich habe diesen Schlag für eine meiner früheren Sünden verdient und beuge mein Haupt vor dem Schlag. Ihre eigene Ernte wird genauso sicher sein, auch wenn sie noch so lange auf sich warten lässt. O David, David! Ich kann jetzt zurückblicken und sehe den Anfang Ihres Interesses an Maria – aber dass es damit enden sollte – dass Sie von mir zu ihr fliegen sollten –“‘

Nachdem ich so weit gelesen hatte, brach ich in hysterisches Gelächter aus, und es brauchte Mary und ihren Geliebten und Schwester Dean und wie viele mehr, ich weiß nicht, um mich im Bett festzuhalten. Natürlich hatte ich einen Rückfall und war verzweifelt an meinem Leben, aber ich würde Mary in meinen vernünftigen Momenten nicht erlauben, Isabel zu schreiben oder sie holen zu lassen. Ich stellte mir die Straßen vor, die immer noch voller randalierender Streikender waren, und die Post und Züge, die immer noch unorganisiert waren. Sowohl im Wachzustand als auch im Delirium gilt: „Halten Sie sie von der Gefahrenzone fern!“ Ich schrie: „Morgen gehe ich sicher nach Hause“, aber es war ein langer Morgen, an dem ich auf dem Boot nach Lake City saß.

Mary wollte mich begleiten, denn ich war noch sehr schwach und musste wegen meines Knies am Stock gehen , aber ich sagte schroff: „Bleiben Sie, wo Sie sind, und behalten Sie Dr. Flaker im Auge, oder Sie." werde vielleicht wieder links bleiben.

„Keine Angst davor!" sagte sie und hielt ihre linke Hand hoch, um mir ein breites Goldband mit fünf Diamanten darin zu zeigen, das ihren dritten Finger schmückte.

„Wir werden heiraten, sobald sein Jahr zu Ende ist, denn er hat viel Geld."

Die Steine in ihrem Ring fingen das Abendsonnenlicht ein, als sie am Kai stand und mir mit ihrem Taschentuch zuwinkte, während das Boot langsam ausfuhr und ich in einem Dampferstuhl auf dem Hurricane-Deck lag und bereit war, eine Zigarette zu rauchen und mit mir zu plaudern alter Freund, der Kapitän.

Ich wünschte ihr von ganzem Herzen alles Gute, hoffte aber aufrichtig, dass ich Maria das letzte Mal gesehen hatte.

Da ich vermutete, dass die Familie wie immer in Interlaken war, nahm ich den ersten Zug dorthin und mühte mich in der Sonne vom Depot hinauf zu den Hütten und über den Hügel, den ich noch nie zuvor für steil gehalten hatte, um mein eigenes Haus zu finden verlassen, Fenster und Türen mit Brettern vernagelt, Veranda ungekehrt , Hängematten entfernt. Ich wollte keinem der Nachbarn die Genugtuung geben, zu wissen, dass ich überrascht und enttäuscht war, also hielt ich mich außer Sicht, bis sie alle zum Abendessen im Hotel waren und sich zerstreuten. Dann holte ich meinen Wagen ab, und nachdem er zum Strand in der Nähe des Bahnhofs zurückgekehrt war, legte ich mich in den Sand und wartete auf den nächsten Zug.

Erst am späten Nachmittag fuhr jemand zurück in die Stadt, und da der Abend bewölkt war, war es schon ziemlich dunkel, als ich das Elektroauto an der Ecke unserer Straße abstellte. Selbst dieser kleine Spaziergang erschöpfte mich und ich musste mich alle paar Minuten auf meinem Stock ausruhen, aber was für eine Erleichterung war es, die Fenster des Hauses mit den sieben Giebeln zu sehen, die so fröhlich wie immer glänzten.

Ich lehnte mich ein oder zwei Minuten lang an unser Eisengeländer, um mich zu sammeln, bevor ich erschien, und das war für mich äußerst notwendig, denn die Haltung der beiden Damen auf der Veranda ließ mich vor Erstaunen sprachlos werden und ihre Unterhaltung völlig hat mich umgehauen. Diese rothaarige kleine Frau im niedrigen Schaukelstuhl muss meine Mutter sein, aber könnte diese königliche Gestalt am Rand der Veranda, deren Kopf im Schoß meiner Mutter liegt, möglicherweise meine

Frau sein? Das Licht aus dem Kinderzimmerfenster zeigte sie mir deutlich, aber ich hielt mich im Schatten zurück und lauschte den Stimmen.

„Mein Puir- Lamm! Ihr seid großartig. " Genug ! Gang awa ' tae Dein Bett; Ihr seid Sair erbittert .

Als sie das wellige graue Haar ihres Knies streichelte, veränderte sich ihr Ton.

„Ich kann mir nicht vorstellen, dass mein Sohn dir diese Schwierigkeiten bereitet hat."

„Kein Wort gegen ihn, Mutter! Er ist der beste Mann, der je gelebt hat, und ich habe ihn nicht geschätzt, das ist alles. Ich kann ihn mir nur als meinen lieben, alten, soliden Mann vorstellen, auf den ich mich verlassen kann." Dave Gemmell. Er war der stille Teilhaber, unbeliebt, bekam kein Lob, bezahlte alle Rechnungen, unterstützte mich in jeder Modeerscheinung, ob sein Urteil zustimmte oder nicht. Er war einfach das quadratische Fundament, auf dem ich mich stützen konnte – auf dem ich Jigs tanzen konnte wenn ich wollte. Jetzt, wo er tot ist – oder für mich tot – kann ich nur hoffen, dass er glücklich ist. Oh! Wenn ich nur auf dich gehört hätte, Mutter, hätte ich dieses Mädchen nie ins Haus gebracht. Mein eigener Weinberg schon Ich habe nicht gehalten.

„Lasst Vergangenes Vergangenes sein – aber ich würde es gerne scherzen Davvit an der Nase."

„Mach weiter, Mutter! Hier bin ich!" Ich schaffte es zu schreien, und dann hing ich über dem Zaun und lachte, bis meine Brille ins Gras fiel und mein Stock von mir fiel. Ohne sie konnte ich mich nicht bewegen, also musste ich warten, bis die beiden Frauen Mitleid mit mir hatten und mich von meinem Pfahl befreiten.

Gemeinsam führten sie mich ins Haus und auf mein altes Sofa und hörten mir zu, was ich zu sagen hatte.

„Ich war der Meinung, da muss ein Irrtum vorliegen", sagte meine Mutter, ihre Selbstachtung war wiederhergestellt, aber als ich sah, wie liebevoll ihre Hand auf dem gesenkten Kopf ihrer weinenden Schwiegertochter ruhte, bereute ich das nicht Kugel in meinem Knie.

„Wir führen das alles auf deine Theosophie zurück, Belle – eine Sammlung von Halbwahrheiten, gefährlicher als Lügen, wenn du sie zu weit treibst."

„Lass uns jetzt nicht darüber reden, David. Es bricht mir das Herz, dich so dünn zu sehen. Deine Kleider hängen nur an dir. Oh! Wenn ich nur den wahren Sachverhalt gekannt hätte und da gewesen wäre, um dich zu pflegen." !"

„Mary war sehr gut zu mir, das versichere ich Ihnen."

„Ich möchte nicht mehr an dieses Mädchen denken. Ich bin froh, dass es ihr gut geht, aber ich hoffe, sie nie wieder zu Gesicht zu bekommen."

uns nicht , *pa* pa' und , *mam ma' sagen wollen, auch wenn sie sich vielleicht dazu herablässt, uns ein wenig zu bevormunden.* "

„Ich werde mich über den Tag freuen , an dem sie den Namen Gemmell nennt !"

Meine Frau ist immer noch Theosophin. Wenn es ihr gefällt, dass sie die Natur und die Art und Weise der Existenz erkannt hat, habe ich nichts zu sagen. Manchmal betrachte ich sogar mit Neid ihre fröhliche Einstellung gegenüber dem Herannahen des Alters, ihre Überzeugung, dass wir noch eine Chance – viel mehr Chancen – bekommen werden, das zu tun und zu sein, was wir dieses Mal nicht geschafft *haben* .

Wenn man einen Baum anhand seiner Früchte beurteilt, besteht natürlich kein Zweifel daran, dass Isabel aufgrund oder trotz ihrer Theosophie dies getan hat

DIE ENTSTEHUNG MARIENS .

EPILOG.

N DEAN ging durch das Pest House, das an das große Krankenhaus angrenzt, mit der unabhängigen Miene einer Frau, die darauf vertraut, dass ihr Rock den Boden berührt. Ihre scharfen, hellen Augen erfassten mit einem Blick den Zustand jedes Patienten und den Beruf jeder Krankenschwester.

In Chicago hatte es eine Pockenepidemie gegeben, und drei der Krankenschwestern im Krankenhaus hatten die Krankheit ertragen, zwei von ihnen leichtfertig, eine sehr schwer; aber alle waren jetzt genesen. Die beiden waren nach Hause zu ihren Freunden gegangen, um dort zu rekrutieren, aber die dritte lag auf einem Invalidenstuhl in einem abgedunkelten Raum und sah aus, als hätte sie den Wunsch nach Leben verloren. Schwester Dean kam mit einem fröhlichen Lächeln herein, setzte sich direkt vor der Tür auf und befeuchtete die Augen des Mädchens mit warmem Wasser.

„Wann kommst du raus, um mir zu helfen, Mary? Ich bin mir sicher, dass dir das Licht jetzt nicht schaden würde. Ich habe zu viel Nachtarbeit, da die anderen Krankenschwestern weg sind. Ich dachte, du könntest anfangen, mich ein wenig zu beruhigen." mit den Pockenpatienten durch den Tag."

„Ich weiß nicht, ob ich mit dem Geschäft weitermachen möchte", antwortete Mary, manchmal auch Mason genannt.

„Unsinn! Du bist gerade deprimiert, weil es dir nicht ganz besser geht, aber warte, bis du auf den Beinen bist und wieder durch die Schutzzauber gehst. Es gibt nichts Besseres als Arbeit dieser Art, um einen Menschen dazu zu bringen, sich selbst zu vergessen."

Die starken, aber sanften Hände von Schwester Dean begannen, den Nacken und die Schultern des Patienten mit Öl einzureiben.

„Ich wünschte, ich könnte mich selbst und alle anderen vergessen. Ich wünschte, ich wäre an den Pocken gestorben. Es interessiert niemanden, ob ich lebe oder sterbe."

„Still! Mary, du vergisst Dr. Flaker."

„ Ist es nicht nur er, an den ich denke ? Er kam heute zum ersten Mal zu mir. Er hasst Pocken, und er roch so nach Jodoform, dass mir fast schlecht wurde. Er hatte eigentlich nur das zu sagen Es war sehr dumm von mir, mich in die Kleidung dieser Patienten einzumischen, und er konnte kaum glauben, dass ich so verrückt war, mich nicht impfen zu lassen, während die anderen Krankenschwestern es waren. Als ob er es nicht wäre, der meine schönen Arme bewunderte. Schau sie dir an Sie jetzt!"

„Sie werden nicht so schlimm sein, wenn all diese Schuppen ausgeschaltet sind. So! Fühlt sich das nicht besser an?“

„Es fühlt sich in Ordnung an, aber du weißt, dass ich für den Rest meiner Tage ein unvergesslicher Anblick sein werde. Ich war froh, dass der Raum dunkel war, sodass Flaker mich nicht genau sehen konnte. Er wird es bald erfahren. “ genug – und hasse meinen Anblick. Er war immer so stolz auf meine „ Perance “.

„Aber ich bin mir sicher, dass er dich auch aus einem anderen Grund mag, Mary.“

„Es ist mir egal, ob er es tut oder nicht, er muss mich trotzdem heiraten. Das tue ich nicht.“ „Ich werde wieder zurückgelassen werden“, und das Mädchen versuchte, einen funkelnden Diamantring an ihrem dünnen Finger festzuhalten.

„Du liebst ihn sehr?“

„Ich weiß es nicht so gut wie viele andere. Aber ich werde jetzt keine Chance mehr haben. Ich habe nicht darum gebeten, in diese Welt hineingeboren zu werden, und irgendjemand darin schuldet mir seinen Lebensunterhalt.“

„Sieh her, Mary!“ sagte die Krankenschwester in einem plötzlich energischen Ton, der das Mädchen mit erschrockenen Augen zu ihr aufschauen ließ. „Du weißt genauso gut wie ich, dass du diesen Mann nicht zwingen kannst, dich zu heiraten. Warum gibst du ihm nicht freiwillig seinen Ring zurück?“

„Warum sollte ich? Glaubst du, ich bin nicht verliebt?“

„Liebe? Du weißt nicht, was das Wort bedeutet, außer in seiner tiefsten Bedeutung. Angenommen, du hörst auf, Männer zu lieben, und fängst an, Frauen und Kinder zu lieben; ich kann dir sagen , dass sie viel dankbarer sind .“

Mary schloss die Augen, aber es gab keine Wimpern, die verhinderten, dass die Tränen über das vernarbte Gesicht liefen.

„Mein liebes Kind!“ sagte Schwester Dean mit einer kaum wiederzuerkennenden Stimme, die so mitfühlend war: „Sie haben für sich gekämpft, seit Sie denken können, und Sie haben nicht viel daraus gemacht, oder?“

Die Lippen des Mädchens formten ein unhörbares „Nein.“

„Wäre es dann nicht eine gute Idee, ein wenig für andere Leute zu kämpfen?“

„Ich habe keine Leute.“

„Ihre ‚Leute' sind diejenigen, denen Sie in irgendeiner Weise helfen können. Was haben Sie bisher getan, um auf dieser Erde Fuß zu fassen? Anstatt zu sehen, wie viel Sie aus allen herausholen können, schauen Sie sich um und sehen Sie, wie viel Sie für sie tun können." ."

Es herrschte langes Schweigen. Als Schwester Dean glaubte, ihr Schützling würde einschlafen, legte sie vorsichtig einen Schal über sie, aber Mary zog, ohne die Augen zu öffnen, etwas von ihrer linken Hand in ihre rechte.

„Du kannst ihm seinen Ring zurückgeben", sagte sie.

Schwester Dean schloss sanft die Tür hinter sich und hielt dann einen Moment inne, um sich eine unverschämte Träne aus ihrem kalten grauen Auge zu wischen.

„Es würde mich überhaupt nicht wundern, wenn die Pocken nur The Making of Mary wären."

DAS ENDE.